俺と光雄

——一関からの旅立ち

大井川 公

東京図書出版

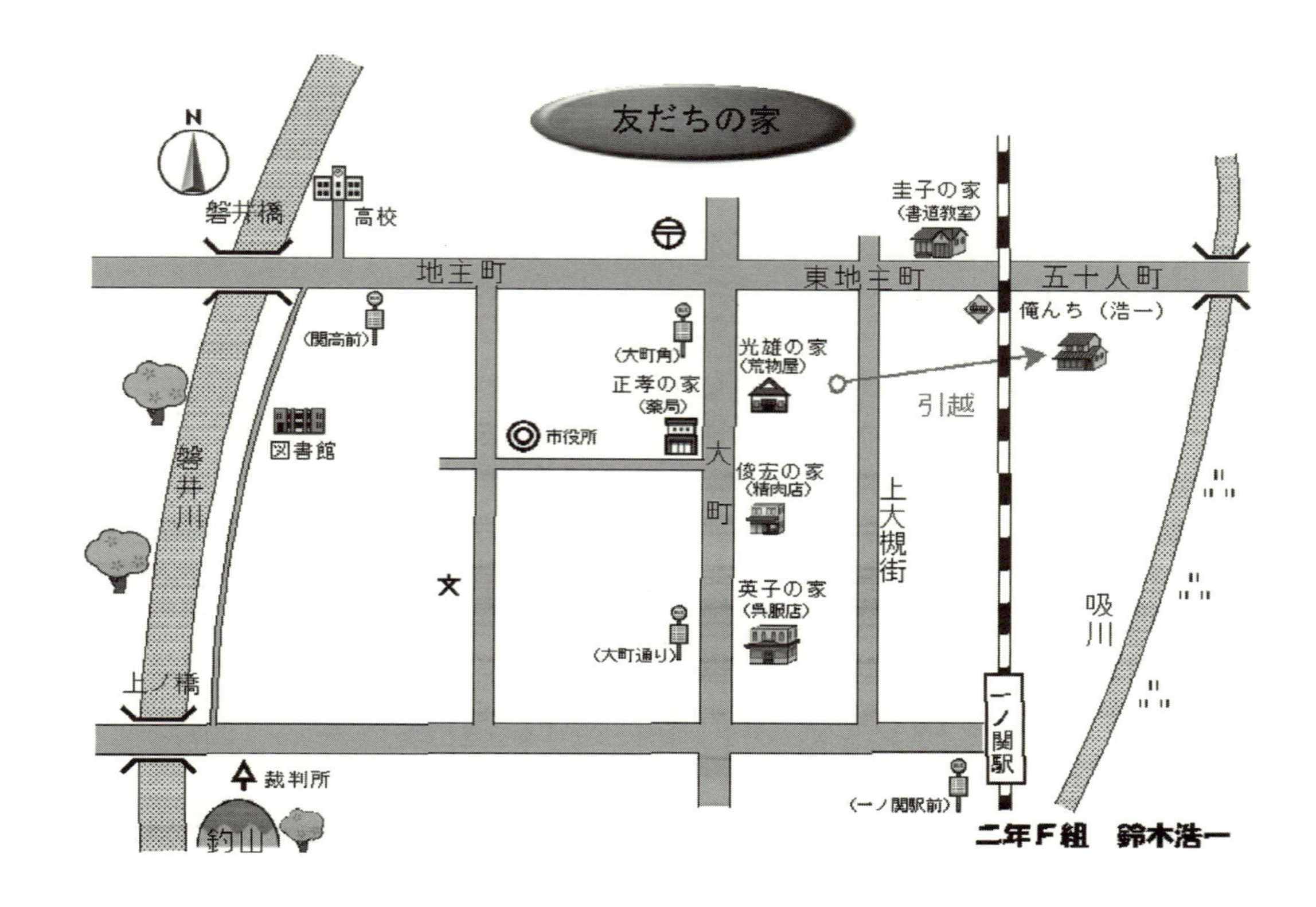

友だちの家
N
磐井橋
高校
地主町
東地主町
五十人町
圭子の家
（書道教室）
俺んち（浩一）
引越
（関高前）
（大町角）
正孝の家
（薬局）
市役所
光雄の家
（荒物屋）
図書館
磐井川
大町
俊宏の家
（精肉店）
上大槻街
英子の家
（呉服店）
（大町通り）
吸川
上ノ橋
一ノ関駅
裁判所
（一ノ関駅前）
釣山
二年F組　鈴木浩一

序

今なら、東北新幹線に乗ると、東京駅から岩手県に入って最初の駅である一ノ関駅には、最短で二時間弱で到着する。

昭和四十年代は、東北本線の特急列車を利用しても始発の上野駅から五時間以上かかっていた。

東京からの所要時間が短縮され、便利になったのにもかかわらず、かつてはデパートもあり、活気のあった市内の商店街は、シャッターを下ろしたままの店が目立つようになって、まるで年老いて眠っているかのようだ。

それは、郊外に大型商業施設が進出して商店街から客足が遠のき、また後継者もいなくなったという他の地方都市と同じような症状で苦しんでいる姿でもある。

商店街に活気があった時代、それは今から思えば「古き良き時代」であったのかもしれない。終日営業しているコンビニエンスストアはなくとも、不便を感じることはなかった。テレビゲーム機がなくとも、子供にとって、屋外はいつも新しい冒険のできる場所に満ちあふれていた。

そして、貧しくとも、子供を大学に進学させたい、子供と家族旅行を楽しみたい、子供にピアノを習わせたいといった豊かな生活を夢見て、みんなが懸命に働いていた時代であった。

そんな時代に、この街で青春を過ごした高校生がいた。

1

街の真ん中を川が流れている。

栗駒山を水源とし、途中で厳美渓谷を穿ち、やがて北上川に合流する磐井川である。

春は川岸に桜が咲きほこり、夏には子供らが水遊びをする格好の場所となる。秋になると、澄み切った空の下、家族連れが憩い、冬は河川敷にうっすらと雪が降り積もって、銀世界に一変する。

四季折々、様々な表情を見せてくれる磐井川であるが、かつては、台風が猛威を振るって、大洪水を引き起こしたこともあった。

そして、この川に架かる磐井橋の辺には、創立明治三十一年の歴史を有する関高が建っている。県下で二番目に古い公立高校だ。

俺は、この高校に通うのに、大町商店街にある大島荒物屋の光雄の家に立ち寄り、それから一緒に登校することにしている。関高に入学以来、欠かしたことのない日課だ。

俺と光雄は同期生で、幼馴染でもある。

俺の名前は鈴木浩一。現在、三学年に在籍している。

光雄の家から市内で一、二番の賑やかな通りである地主町(じしゅまち)通りを経て磐井川の川縁にある関高までは、歩いて十二、三分ほどの距離になる。

毎朝、俺と光雄は互いのクラブ活動の様子やら期末試験問題の予想、それよりも女の子の情報交換に熱中して、足駄をカラコロさせて登校していた。

この日、光雄は佐藤圭子のことを持ち出した。

「圭子は学習院を受けるらしいぞ」

「えっ、どうして知っているんだよ」

「うちのお袋は情報通だからね。青色申告会やら大町商店街振興会、やたら会のつく組織なら何でも会員になっているだろう。そういう会合に出席しては、色んな情報を仕入れてくるんだよ。その中に、関高生に関するものがあったからさ、俺が関心を持つだろうと思って話してくれたんだ。

それが圭子のことだったから、俺も最初はびっくりしたよ」

俺は話の続きを急かした。

「圭子は、書道を教えていた父親を亡くしているだろう。

今は、書道教室をやめて、母親が書道具の小商いをして生計を立てている。

経済的なことで言えば、私大は敬遠すると思う。国立大を目指すはずだ。

もちろん、合格できる実力はあるよ。

ところがさ、平泉町の藤原病院を知っているか」

「いや、知らない」

「平泉町で、一番大きな病院だよ」

「そうなんだ」

「その病院長は、圭子の亡くなった父親の友人だそうで、幼い頃から圭子のことをよく知っていてさ、是非とも倅の嫁にと生前の父親に頼んでいたらしい」

「本当かよ」

「だけど、高校を卒業してすぐの十九歳では、いくらなんでも結婚は早すぎる。大学卒業まで待つから、倅と婚約してくれと、今度は圭子本人に直接話を持ち込んだんだよ。

それでさ、『学習院の学費も出しましょう』と話が進んだということさ」

「でも、どうして学習院になるのかな。東京の私大なら、早稲田か慶應だろ。

それに国立大に入る実力があるのだから、合格したらその学費を援助した方が合理的だし、経済的だと思うけどな」

「それは、病院長の大学選択のセンスの問題だよ。

学習院なら皇室や皇族関係の子弟が多いからさ、藤原病院に箔がつくと考えたらしいんだ。

これは、お袋の解釈だけどね」

「その病院長の家柄は、そんな体裁を気にしなければならないほどの格式ある家系なのか」

「そんなことはないよ。

だけど、そう思わせたいところはある。

平泉、藤原と二つの言葉が続けば、世間は平安末期に栄華を極めた藤原三代の歴史を思い浮かべるし、その末裔かしらと勝手に思い込むだろ。

それに、大きな病院の院長で医者だからさ、何となく貴種を連想させられるよ。しかも、金持ちだしさ」

「そうだな」

「それとさ、倅の嫁の学歴も由緒正しき家柄の子弟が集まる学習院卒となればなおさらさ。思い込みというか、刷り込みが強くなると思うよ。藤原病院にとっては好印象だよ」

俺は、もっと圭子の話を聞きたかった。

しかし、無情にも学校の正門に着いてしまって、話の続きはまた明日の朝にしようということになった。

玄関ホールで、上履きに履き替えた俺と光雄は、それぞれの教室にすぐに吸い込まれた。


その日の俺は、圭子のことで頭がいっぱいだった。

授業はうわの空で聞いていて、何も覚えていない。夕食だって何を食べたか記憶がない。

家族には生返事をしていた。これはいつものことだから、変な様子だと気付かれることはなかったと思う。

　圭子に縁談が持ち込まれたという話は、俺には衝撃だった。

　普段なら、午後八時頃から始める受験勉強も、いつまで経っても手につかない。腕枕して横になり、ＦＭラジオから流れる音楽を聴くばかりだ。

　色んなことが思い出される。

　圭子とは、幼稚園で初めて出会った。

　そして、学区域が同じだったから、小学校も中学校も一緒だった。高校も同じ関高に進学した。

　小学校では、何度も同じクラスになった。

　小学何年生の時だったろうか、圭子の母親と会話したのは。全校一斉の集団下校が始まった日だったことは覚えている。

　帰る方向が同じである圭子を含め、数人と一緒に下校したのだ。

　集団下校の最初の日ということで、圭子の母親は心配し、娘の帰りを家の外で待っていた。

　そして、集団の中に俺がいることに気付き、「浩一ちゃんでしょ」と声をかけてくれた。

「あっ、おばさん。こんにちは」

「はい、こんにちは。しばらく見ない間に、大きくなったわねぇ」

「こないだの身体検査では、背がまた伸びてました」

「どんどん大きくなるわねぇ」

「給食を残さず食べるからだと思います」

「そうなの、偉いわね。学校では、圭子と仲良くしてくださいね」

俺は、圭子の母親が俺の名前を覚えていることに感激した。小学生の自分に対して「仲良くしてくださいね」とお願いもされた。

もともと圭子は賢かったし、可愛らしかった。

それに、習字は父親譲りなのか上手だし、クラスメイトの面倒もよくみるから、いつも学級委員長に選ばれる人気者だ。

この日だって、ここまで集団を引率してきたのは圭子だ。

学校で特に仲良くしてもらいたいのは俺の方なのに、反対のことを言ってもらえた。

俺だって、もっと気のきいたことを話そうと気負ったけれど、出てきた言葉は突拍子もないものだった。

「圭子ちゃんが、一番めんこいです」

これでは、圭子に対する俺の想いを母親に向かって白状しているようなものだ。

「あら、ありがとう」と頭を軽くなでられた途端、俺は顔を真っ赤にしてしまった。

圭子の父親が亡くなったのは、中学の時だ。発病して二年後のことで、病名は肺がんだった。

何日か忌引きで休んだ後、登校してきた圭子の様子を、クラスが別だった俺は気になって、隣の教室まで出向いて観察した。

悲しみに沈んでいるようには見えなかった。

それよりも、圭子が教室にいるといないとでは華やかさが違うと思った。

不治の病の父親だったので、遅かれ早かれ、その日が来るのを覚悟していたのだろう。

気丈に、しかも明るくふるまえる女の子なのだ。

だからだろう、藤原病院長はしっかり者の圭子を倅の嫁にと切望するのだ。人を見る目はあると思う。

でも、大学の学費援助を持ち出すなんて、やり方がフェアではない。

明日の朝は、圭子の相手となる男性はどんな男なのか、絶対に光雄から聞き出さねばならない。

2

六月一日は衣替えの日だ。

関高の女生徒も紺色の上着を脱ぎ、白のブラウスと紺のベストで登校してくる。そして、ほとんどの女生徒は、この日を境に白の綿ソックスになる。

夏が来たのだ。俺と光雄にとっては、高校生活最後の夏になる。

去年の二人なら、女生徒の胸のふくらみを確認したくて、「おはよう」と声をかけながら振り返り、目はしっかり胸元を捉えることに熱中していたはずだ。

今年は、圭子のことが気になって、そんなガキじみた不謹慎なことをやる気にもならない。光雄にもさせない。

光雄に、昨日の話の続きを促した。

「相手の名前は英昭さんという。圭子より八つ年上というから二十六歳だと思う。父親の病院長と同じ医大を卒業している。

因みに、俺たち関高の九年先輩に当たるんだ。早生まれだから、年の差は八つだけど、学年は一つ上になる」

「そうなのかぁ」

「専門は内科で、相当に優秀な人らしい。それに、患者さんに優しく接して診てくれるから、父親よりも評判はいいんだ。

本人は、幼い頃から圭子と家族ぐるみのつきあいで、父親が勝手に進める縁談には、おっとりと構えていたらしい」

「悪い人ではなさそうだなぁ」

「そうだよ」

「医は金なりを信条とするような悪徳医者なら、俺が弱きを助け強きを挫く保安官役のゲーリー・クーパーとなって『真昼の決闘』だと思っていたけれど、いい人なら、その必要はなくなったか」

「ああ、そうだな。

実はさ、昨日の放課後、自転車で平泉の藤原病院まで行ってみた。

運よく、病院のロビーで、看護婦が『若先生』と呼びかける医者を見たんだ。

『若先生』と呼ばれるのだから、圭子の相手となる男に違いないだろう。背が高くて男前だったよ」

「えっ、格好もいいのかよ」

「うん。残念ながら、『真昼の決闘』のゲーリー・クーパーはお前ではないな。あっちの若先生に軍配があがる。

お前の役どころは、せいぜい功を焦る保安官助手といったところだな」

「まったく、お前は暇だな。そんなことまで、確かめに行かなくてもいいんだよ」

「実は俺、進学しないで家業を継ぐことにしたんだ。

だからさ、大学進学の連中と違って受験勉強をしない分、たっぷり時間はあるよ。残りの高校生活を、エンジョイさせてもらうよ」

「ええっ、本当かよ。いつ決めたんだ。

なんでだよ。その理由を、俺が納得できるように、説明してくれるんだろうな。

まったく、二日連続、ショックな話だ」

「ああ、分かってるよ。

だけど、圭子の話をしていると、あっという間に学校に着いてしまうな。また、明日な」

今日も、俺は受験勉強ができそうもない。英作文の問題集なら一〇五ページまでは進んでいなければならないのに、昨日と同じ状態で閉じられたままだ。

気晴らしにとFMラジオのスイッチを入れてみるけれど、すぐに圭子のことに気持ちがいってしまう。光雄の進学断念も気になる。

圭子の相手の名前は、英昭さんか。『真昼の決闘』なら、英昭役のゲーリー・クーパーに相手にもされなかった。

むしろ、完膚なきまでにたたきのめされた感じだ。

3

圭子と親しく会話ができたのは、二学年の春休み、今年の三月末のことだ。もう遠い日の出来事のようだ。

誘い合ったわけでもないのに、同じ時間帯に同じ目的で学校に来ていた。部員募集のポスターを作成するためだ。

圭子はコーラス部、俺は地学部だ。

春休み中でも、平日なら学校は開放されているし、事務室も開いている。

この時期、事務室の職員は在校生や卒業生のために、在学証明書や卒業証明書を発行する事務に忙しい。女子職員の顔が窓口に見えている。いつもなら、奥で仕事をしていて、大きな声で呼ばないと窓口に出てきてくれないが、今日は最初から窓口の席にいる。

校舎の中は、授業が行われていないので、静まり返っていた。

時折、校庭で練習している運動部員のかけ声が響いてくる。

背後から、俺に呼びかける声がした。

「鈴木さん、おはよう。

今日はどうしたの。そんな大きな手提げ袋を持って、部活動なの」

「ああ、驚いた。佐藤さんかぁ、部活動というか、ポスター作り」

「あら不思議、私もそうなの。新入部員募集のポスターでしょう。どこでポスターを作るつもりなの。

もし良かったら、私達の教室で作らない。

こんな偶然でもなければ、おしゃべりする機会もないから
「部室でと思っていたけど、そちらが迷惑でないならそうするよ。この手提げにはマジックや画用紙がいっぱい入ってる。もし、足りないものがあったら貸してあげるよ」

「ありがとう。でも、私も持って来ているから大丈夫」

前方の出入り口から教室に入り、教卓の上に自分達の荷物を置いた。カーテンを開け蛍光灯をつけた。教室はひんやりとしている。

東北の春は遅い。桜の花がほころび始めるのは四月の中旬だ。

「寒いかもしれないけど、出入り口の引戸は開けとくよ。黒板前の生徒机を四つ合わせて使おうよ。場所はここでいいよね」

用意できた席に腰かけると、小学校で使用した二人掛けの木製児童机を思い出した。

隣の席には圭子がいた。次の席替えまでの間、毎日が楽しかった。

中学の時は、一度も同じクラスにならなかった。高校一年も別クラスだ。二年で同じクラスになれたけど、ほとんど機械的にあいさつを交わしてきた程度だ。ちっちゃい頃と違って、気軽に話ができなくなっていた。

だから、その学年の終わりに、身近で話す機会を得られたのは奇跡かと思う。

俺は、手提げから画用紙とマジックインクを取り出し、ポスター作りに取りかかった。圭子

も始める。

「ポスターはどのような内容にするの」

「画用紙を縦にして三段構成にする。上段は地球のロマンを掻き立てるように『地球は鼓動する』のフレーズ。それから、中段は『地学部』。下段は新入部員募集。シンプルな形にした方が目にはいりやすいだろう。

でも、文字だけじゃあ寂しい感じになるといけないから、イラストも入れるけどね」

「私は上段を二行にして、新入部員募集と『青春を歌いましょう』のキャッチフレーズね。それをメロディーにした五線譜上の音符のイラストも添えるわ。

中段は『コーラス部』にして、下段に昨年度実績、岩手県合唱コンクール銅賞受賞。こんな配置になるかしら」

「いいと思うよ。ポスターの掲示は二枚までだよね。玄関ホールか職員室前の生徒用掲示板に一枚。それと、部室のドアかその近くの壁に一枚」

「そうよ。掲示許可は二枚よ」

「四月になると忙しくなるね。部員の勧誘合戦が始まるしさ」

「入学式の次の日よね。新入生と在校生の対面式があるでしょう。

生徒会運営の説明とか応援歌の披露、それにクラブ活動の紹介もあるわよね。

地学部は、鈴木さんがスピーチするの」

「ああ、二年生の部員は俺一人だろう。三年になれば、新部長は自動的に俺になる。部長がスピーチをするんだよね」

「そうよ」

「うちは、吹奏楽部やコーラス部のような華やかさがないクラブだろう。黙って待っていたら、新入部員は来てくれないよ。三年生が退部して、現在三名の小所帯だよ。新入生が入部してくれないと、五人未満で廃部になってしまう。おざなりなスピーチはできないよ」

「やっぱりそうなのね。注目してるわ」

「今から、プレッシャーをかけないでくれよ。本番で緊張して、スピーチができなくなっちゃうよ。


ところでさ、俺のクラブの先輩二人だけど、卒業の思い出にと校舎の屋上から正門に向かって放尿したことが、評判になっている。

……あっ、ごめん。女の人に聞かせるような話ではないよね。


つい、大島と話しているつもりになっていた」

「私なら平気よ。おもしろそうな話なら、ぜひ続きを聞かせて」

「本当にいいの」

「いいわよ。鈴木さんは、昔っから大島さんと仲がいいわね。いつも楽しそうにおしゃべりしながら登校するのを見ているわ」

「大島とはちっちゃい頃から、なぜか気が合って、ずっと付き合ってきたんだ。以前は、近所だったしね。

　今は、俺の家が引っ越して、少し遠くなったけどさ」

「そうだったわね」

「俺、ポスター一枚、出来上がったよ」

「地球は鼓動する、一体何のことだろうと思わせておいて地学部とくる。地球と地学部が結びつくのよね。余分な説明がないから興味を惹くようになっているわ。

　地球儀のイラストも効果的だわ。絵心あるのね。

　そう言えば、鈴木さん。小学生の時に『地図の描き方が上手だ』と先生に褒められたことがあったわね」

「あっ、あれ。『友だちの家』と題をつけて作った絵地図のこと、まだ持ってるよ。

　俺、二枚目に入るけど……」

「いいわよ。私の方は、一枚目がもう少し時間がかかりそう」

「でも、素敵な出来栄えになりそうだ」

「そうだといいわ」

「大丈夫、俺が保証するよ。

　尾籠(びろう)な話で申し訳ないけど、さっきの話の続きをするね。

先輩が、悪ふざけを得意げに話しまわるものだから評判にもなるよね。

『屋上からの放尿は爽快である。これを地学部の伝統にしたい。後輩は代々引き継いでいくべし』とクラブノートにまで書き残しているよ」

「そうなの」

「新年度もさ、男性部員だけなら、バンカラな気風でも構わない。

でも、女子部員の入部もあるわけだから、行儀の悪い書き込みは考えものだよね」

「そうかしら。確かに、関高生は『賢くて行儀がいい』と思われているわ。私達もその期待に応えようとする。

でも、それって、息苦しくなって羽目を外したくなる瞬間があるのよね」

「うん。型にはめられたくないね」

「だからといって、クラブノートの書き込みは、行儀の悪い事を勧めているのではないと思うわ。気持ちの有り様を言ってるのよ。

行儀良くこぢんまりするのではなく、大胆なこともできる気概を持てということよ」

「そうかぁ、気概かぁ」

「ねぇ、見て。私も、やっと一枚目が完成したわ」

「どれどれ、やっぱり丁寧に仕上げているね。

コーラス部員なら、その音符のイラストだけで『青春を歌いましょう』の節回しが分かるってすごいね。俺は全然だめだから」

その時、何気なくメロディーを口ずさみながら、二枚目に取りかかる圭子の横顔を美しいと思った。胸に抱き寄せたいとも思った。

「どうしたの。ぼんやり考え込んで」

俺は自分の感情を隠すように、クラブノートの話に戻るしかなかった。

「あっ、なんでもない。ちょっと考え事をしていた。

女子部員がクラブノートを目にした時に、何を感じとるかだよね。

野卑なクラブと感じたら退部するだろうし、何でも自由に言える闊達なクラブと思ったら意に介さないよね。つまらないことを気にしていたよ」

「そうよ。例えば、男子の服装は、都会の高校生なら絶対にあり得ないわよ。

わざと破った学生帽を被り、腰に手拭いぶら下げて足駄で通う関高生を、街の人は好ましく見てくれているけど、なぜだと思う」

「なんだろう」

「それは、服装はバンカラでも、質実剛健と切磋琢磨の気概を愛してくれているからよ。気概がなければ、伝統にはならないわよ。中身のない格好をしているだけで終わってしまうわ」

「そうだね。都会の高校生に負けない克己心はあると思う。街の人はその校風を愛してくれているね」

「私も行儀の悪い話をするわ。

私一人が部活動ですごく遅くなって、あわてて外に出たけど、トイレに行きたくなったの。すっかり日が落ちて、街灯が辺(あた)りをぼんやりと照らしていたわ。校舎の蛍光灯はほとんどが消されて、建物の全体が白く浮き上がって見えるのよ。

その校舎の中に入っていくのが面倒くさくなって、校庭の真ん中で用を済ませたことがあったわ」

「えっ、本当に。大胆なことをするね」

「校庭の真ん中なら周囲を見渡せるし、人が近づいてくればすぐに分かるわ。校庭の端よりは安全と考えたからよ。暗くなっていたし、誰もいなかったし、遠くからでは何をしてるんだろうぐらいのことしか分からないわ。

その時は、してやったという感想ね。

これは、誰にも話さないでね」

「だからなのか、うちの先輩の行動を擁護するのは……。

もちろん、誰にも絶対にしゃべらないよ。

でも、俺の頭の中にずっと残りそうだ」

「駄目よ。すぐに忘れて。鈴木さんを信用してるからね」

「分かっているよ。

よし、二枚目のポスターも出来たぞ」

「私も終わりそう。一枚目は色とか配置を考え考えして作っていたから手間取ったけど、二枚目はもうすぐね。今、何時頃かしら」

俺は腕時計で時間を確認した。教室の掛け時計はいつも進んでいて、あてにならない。

「十一時になるところ。正確には七分前」

「本当は、その時間に後輩とポスター作りする約束をしていたのよ。

その前に、ひとりで部室の掃除もしようと思って、早めに出て来たら鈴木さんを見かけたの。

つい声をかけてしまったわ。

鈴木さんとポスター作りができて、かえって良かったけどね」

俺は「うん」と言って、教室から窓の外を眺めると、春の日射しが一段と眩しく感じられた。

圭子も、外に目をやった。

「春よね。以前より明るくなったわね」

「そうだね。どう、時間までに終わりそうなの」

「えぇ、なんとかなるわ」

ようやく圭子は、二枚目のポスターも仕上げた。

「さあ、私も終わったわ。後輩との約束の時間までに、ポスターができ上がって良かったぁ。

鈴木さんのお陰で捗ったんだわ」

「こっちこそ、おしゃべりもできて楽しかったよ」

「後輩が来る頃だから、コーラス部の部室に行くことにするわね」

「ポスター作りは終わったわけだけど、これから後輩とどうするつもりなの」

「部室の清掃を、二人でするわ。

それと、お昼にナポリタンをご馳走する約束もしているの。

そちらの予定は、どうなの」

「事務室の窓口に女子職員がいたから、掲示許可のスタンプをもらって、ポスターを玄関ホールの掲示板に貼ってから帰ることにするよ。玄関ホールの方が、多くの人が目にするだろうからさ」

「そうね。その方がいいわね」

「それから、マジックや画用紙は、もともとクラブのものだから部室に戻してくる」

「そうなのね。机を元通りにするわね」

「それはいいよ、俺がやるから。早く後輩のところに行ってあげなよ」

「じゃあ、お願いするわ。後片付けをさせて悪いわね。ごめんなさい。私も、おしゃべり楽しかったわ。三年も同じクラスだといいわね。

今日は、ありがとう」

圭子がいなくなると、急に火が消えたようになった。

俺は机を元に戻し、カーテンを閉め蛍光灯を消して教室を出た。

あれから二カ月経っている。

結局、三学年は圭子と同じクラスにはなれなかった。光雄とも別なクラスだった。

4

六月二日は雨だった。朝から気が滅入る。

俺と光雄は、並んで傘をさしながらの登校だから、車道側にちょっとはみ出して歩きづらい。

それでも、圭子の話の続きだけはやめなかった。

「圭子が学習院を受けるという話は訂正するよ。実際は何も決まっていないのが本当だ。藤原病院長が、縁談と大学の学費援助の話を本人に持ち込んだのは事実だよ。五月下旬頃のことだったらしい。

圭子はそれに対して、態度を決めたわけではなかったんだ」

光雄が昨夜あらためて母親から聞いた話によると、圭子が藤原病院長にその場で返答した内容は、次のようなものだった。

「今、お聞きしましたお話は、大変ありがたいし、驚いてもいます。

大学の進学につきましては、今回のお話があるなしにかかわらず、八月下旬の進路指導までに決めるつもりでした。ですから、すべてのお返事もそれまで待っていただけないでしょうか。

十八年の人生経験しかない私には、すぐに決められるものでもありません。

母や妹、それから担任の先生にも何度も相談しなければ決められません。

いっぺんに来た幸せがこわいのです。

真剣に考えて結論を出さなければ、英昭さんに失礼に当たります。

英昭さんには、亡くなった父の葬儀に参列していただきましたし、生前はお見舞いにも来ていただきました。一周忌、三回忌の身内での法事にも、いらしてくださいました。本当に、ありがとうございました。

英昭さんについて、私がどう思っているかのお尋ねですが、尊敬できる方だと思っています。人柄もよく分かっております。

どうか、ご本人にはよろしくお伝えください」


光雄は、圭子のその時の様子を語り終えた。

「まるで、お前がその場に居合わせたような臨場感だな」

「ああ。お袋の話なら、もう当事者になってる。どこまでが聞いてきた話なのか、お袋の創作なのか区別がつかない。でも、ほぼ当たっているだろう」

「もう正門だ。圭子のことは了解したよ。

お前、放課後に時間がとれたら、部室まで来れないかな。

お前の進学断念のことが気になるからさ、話を聞きたいんだ。

夕方の六時頃までいるつもりだし、待っているからな」

「分かった。それじゃあ、またな」

俺達は玄関ホールで傘をすぼめ、ズボンについた水滴を、腰にぶら下げた手拭いで拭き落としてから校舎の中に入った。

5

放課後、俺と光雄は地学部室にいた。

光雄が、部屋を見廻してから言う。

「相変わらず、石ころの標本しか置いていない陰気な部屋だな。今日は、他の部員は来ないのか」

「たぶん、誰も来ないよ。今は、共同で部活動するものがないからさ」

「それじゃあ、お前はどうして部室にいるんだよ」

「部室は、いつでも自由に使えるようになってる。ここで勉強してもいいんだよ。このところ、家では気が散って勉強できないんだ。夕方までここにいて、少しでも問題集を解こうと思ってさ」

「圭子のことが気になって、勉強に集中できないんだろう。突然、ゲーリー・クーパーが現れたんだからな。

あっ、そうだ。圭子の相手をゲーリー・クーパーという隠語にして、これからは話そうよ」

「分かった。そうしよう」

「うちの高校は、成績上位者の名簿を廊下に貼り出すだろう。

それで、圭子の順位と得点を知って、俺達との差が分かるよな。得点差は、順位差ほど離れてはいなかった。

だからさ、点数さえ頑張れば追いつけると思うよな」

「圭子の順位に中々追いつけなくて、勉強に嫌気がさしたわけではないんだろう。実際、追いつくのは難しいよ。成績の上の奴ほど、俺達以上に勉強して、更に上を目指しているからさ。簡単に抜かせてはくれないよ」

「まあ、そうだな」

「俺達だって、今の順位を維持するのに躍起になってるんだから、上の奴だってそうだよ。それよりも、お前の進学断念のことが気になるんだよ。大学受験をやめたって、どういうことなんだよ」

「だからさ、点数が一点でも多く取れれば、俺達は圭子の順位に近づけると思って勉強してきたわけだろう。好かれたいと言い換えてもいい。

でも、ゲーリー・クーパーの出現で勉強する目的が失われたんだよ」

「ゲーリー・クーパーのことは何も決まっていないと、今朝、お前が言っただろう。諦めるなよ」

「でも、冷静に考えれば圭子はゲーリー・クーパーを好いている。

『いっぺんに来た幸せがこわいのです』

これは、好きでなければ出てこないセリフだ」

「誰も居合わせた者がいないんだし、お前のお袋の創作だろう。それだって」

「そっちこそ、自分の見たくない現実を認めようともしない。

俺たちは圭子の相手にもならなかった。完全な片想いだよ。これからは圭子のファンとして見守るしかない」

「見たくない現実だって、見守るだって、お前は変わり身が早いな」

「それを言うなら、立ち直りが早いと言ってくれ」

俺と光雄はそっぽを向いて、しばらくの間、口を閉ざした。

この空気に耐えられなくなり光雄を見ると、クラブノートをパラパラと開けたり閉じたりして弄んでいる。俺の方から口を開いた。

「どうして進学しないのか、ちゃんと説明してくれよ。今は、お前のことが心配なんだよ。圭子のことで話を逸らさないでくれよ」

「ああ、分かってるよ。大学で学問するだけが勉強ではないだろう。お袋との世間話からでも、何か手助けできるものはないかなと考えることだって勉強だろう」

「うん、まぁな。それで」

「この街はさ、カスリン、アイオン台風で二年連続、磐井川が氾濫して建物の二階まで水没した街だよ」

「うん、知ってるよ」

「屋根によじ登って難を逃れた市民が、亡くなった人の分まで頑張って生活してきた街だよ。こんな災害に見舞われればさ、自分のことは少し我慢して、互いに助け合って暮らしてきた街なんだよ。

圭子のことだってそうだ。俺たちが片想いの辛さを我慢すれば済むことだよ」

「なんだよ。ゲーリー・クーパーが医者で金持ちだから、諦めろと言うのか」

「そんなふうには言ってないぞ。

ゲーリー・クーパーは、圭子が想いを寄せている人だと言ってるんだよ。

だから、俺達が引き下がるんだよ。圭子の気持ちを大切にすれば、そうなるだろう」

俺は「えっ」と驚き、次の言葉を飲み込んだ。

「お前は圭子のことを、そんなふうに考えていたんだ」

光雄は、また圭子の話になっていると気付き、自分のことに話を戻した。

「俺は、この街に生まれてきて良かったと思ってる。

この街が好きなんだよ。

この街のためにできることがあれば、すぐにでも手伝いたい。

この街を良くすることができるなら、市会議員にもなってみたい」

「それなら、なおさら進学すべきだよ」

「いや、俺は回り道をしたくないんだ。早く、役に立ちたいんだよ」

「そんな、よく考えてくれよ」

「進学しないと決めたのは、今回の圭子のことが確かにきっかけにはなったよ。

だけど、これは考えた末の結論だ。ずっと前、二年に上がる時だ。進学すべきかどうか悩んでいて、お前に相談したことを覚えているか。お前は、三年になってから決めればいいことだと言ったよな。

今、その三年だ」

「だからといって、このタイミングで決めることもないだろう。八月下旬の進路指導までに決めればいいことだよ」

「もう決めたんだ。

アイオン台風が市内を襲った時、俺は生後二カ月の乳飲み子だった。

急に水嵩(みずかさ)が増し、泥水が一気に家の中に入り込んできたので、家族は磐井川が氾濫したことを知った。半鐘も鳴っていたし、前年のカスリン台風で経験しているからね」

「うん、それで」

「一刻も早く、二階から屋根の上に逃れようとした。親父は屋根から家族一人ひとり引き上げようと、タンスを踏み台にして二階の梁から屋根の上によじ登った。

そして、屋根の上から手を差し出し、『早く、早く』と急かしていた」


俺は、自分が生まれる数日前に、この街を襲った大洪水の話に引き込まれた。

今まで、誰からもその体験談を聞かされたことはなかった。

母は臨月に入っていたので、台風が近づく前から、用心して宮城県の有壁(ありかべ)にある実家に戻り、難を逃れていた。

街が壊滅的に被災し、すぐには嫁ぎ先に帰れなくなった母は、そのまま有壁で俺を出産した。

父は会社勤めで、当時は庶務的な仕事に就いており、防災警備のために会社に寝泊まりしたが、幸いにも大災害に見舞われることはなかった。自宅は被災した。

光雄は語り続ける。

「お袋は、祖母と姉を先に踏み台にしたタンスの上に乗せて、屋根に登らせようとした。姉は親父の手を握れた。姉は引っ張り上げられる途中で、俺がどうなっているか気付いたんだよ。

俺を寝かせていた布団が、二階まで浸入してきた泥水に浮いて、いまにも流れ出そうとするのを見たんだ」

光雄の声の調子が、緊迫度を増した。

「五つ年上の姉は『光雄が流されちゃう。光雄を、早く早く助けて』とお袋に泣き叫んだ。祖母もタンスの上で『わたしゃあ、どうなっても構わないよ、孫を助けてやってくれ、助けてやってくれ』と声を張り上げていた」

「それで、どうなったんだよ」

「親父は、『ここは俺一人で何とかするから、光雄のことを頼む』とお袋にどなった」

「うん、それで」

「泥水はお袋の足首の高さまで来ていた。

お袋は慌てて、浮いている布団を手繰り寄せ、俺を抱きかかえたという」

「それから、どうした」

「お袋もタンスの上に登った。そして、俺はお袋の手から親父の手に渡された。祖母と姉は、既に屋根の上に引き上げられていて、俺は祖母の腕の中に抱かれた」

「うん、うん」

「それでさ、お袋は安心感からか、タンスの上でへたり込みそうになるのを、親父が『馬鹿、休んじゃあ駄目だ。早く俺の手を握れ。もう少し頑張れ。そのタンスだって、いつ流れ出すか分からないぞ』と叱咤しながら屋根の上に引っ張り上げたんだよ」

「そうだったんだぁ」

「家族五人は、屋根の上で風雨にさらされながらも寄り添って、台風が通り過ぎるのをひたすら待った。

そして、ようやく雨や風の勢いが収まり、濁流が屋根の上まで押し寄せてくることはなかった。助かったと実感できたそうだ」

「うん、良かったなぁ」

「結局、泥水は二階の床から大人の腰の高さぐらいまで達したんだ。

お袋は、俺が泥水にさらわれなかったのは、布団が浮き上がった時点で、神様が姉に教えてくれたからだと思ったんだよ」

「そうかぁ、そう思うよなぁ」

「周りを見ると、他の家族も屋根の上に避難していた。お互いの家族が『大丈夫ですかぁ』と大声で励まし合ったそうだ。

だけどさ、死者、行方不明者が五百人近くにもなって、この街に大きな傷跡を残したんだよ」

「磐井川の氾濫が、昭和二十二年、二十三年と続いたから、一関は『水害の街』と言われたんだよな」

「うん。そうなんだ。

だから、俺は家族みんなに感謝しているし、この街のために役に立ちたいんだ」

「でもさ、どうしてそれが、大学進学をやめることにつながるんだよ。

役に立ちたいなら、もっと勉強してからでもいいだろう。

お前の両親だって、姉貴だって、大学に進学させたいと思っているよ。

圭子のことは、お前の言う通りだろう。俺達が一方的に憧れていただけだと思う。それは認めるよ。

だけど、圭子を諦めるのと進学を諦めることとは別のはずだ。もう一度、考え直せよ」

光雄は、クラブノートの最後に書いてあるページを大きく開いた。

それから、決心が変わらないことを、体中に漲らせた。

「もう決めたことだよ。何度も言わせるなよ。

クラブノートのこの箇所は、お前がスピーチした部活動紹介の下書き原稿だろう。『わくわくどきどきしませんか』と結んでいる」

「ああ、そうだよ」

「俺は大学に行くことに、わくわくどきどきしなくなったんだよ。周りが、進学希望するから俺もそうする。それって、大学で何を学びたいのか分からないのに、自分の学力の偏差値に見合った大学を選ぶだけのことだろう。

そんなことよりも、この街のために早く働いた方が有意義だろう」

「だからさ、それは大学を出てからでも遅くはないよ」

「いや、俺はそうは思わない。

どこでも構わないから、大学を出ることが、そんなに重要なことなのか、そうじゃあないだろう。大学で、学問する目的がなければ意味がないよ。

お前は、何のために大学に行きたいんだよ。お前の学歴のためか」

「えっ」

「もし、そうだとしたら藤原病院長のことを非難できないぞ。体裁を考えて、学習院に拘るのと同じことだ」

「違うよ、俺達はさ、ガキの頃は大学生に憧れていたじゃあないか」

「いや、俺はもう、この街を離れたくないんだよ。

だけど、お前は大学に進めばいい。お前は東京か仙台にある大学に合格し、休みには帰省するだろう。その時、同期生がふるさとに残っている方が寂しくないだろう。俺は、お前が帰ってくるのを待っているよ」

「どうあっても、決心を変えるつもりはないのか」

「そうだよ」と光雄は即座に答えた。

「……分かったよ。お前は偉いな。俺は情けないよ。

大学で何を学びたいのか分からないんだからさ、志望校や学部を決められるわけがないよな。

でもな、俺はお前と大学に行くのが夢だった。小学六年の時だったかな。どこの大学の校歌か寮歌かも分からないのに、お前と大声で歌っていたことがあっただろう」

「ああ」

「その時は、そこの大学生になった気分だったよ。本当の大学生になって、高歌放吟するのもいいなと思った。だからさ、お前と肩組んで、校歌や応援歌をがなり立てている大学生の自分を思い描いていたんだよ。俺は、大学に行くことに、そんな幼稚な考えのままだった」

光雄は、口を挟まないで聞いている。

「でも、お前は違ってた。この街のことも、ずっと先のことも考えて決めたんだよな。

お前のその決心は、うすうす気付いてはいたけど、はっきり聞かされると動揺するよ」

「なに情けないことを言ってるんだよ」

「お前は、進むべき道をしっかりと見据えているのに、俺は何も決めてない。

漠然と大学に行きたいと思ってるだけだ。

気持ちがへこむよ。立ち直れるかな。

よし、これから学割ラーメン食べて一緒に帰ろう」

「夕方まで、ここで勉強するつもりじゃあなかったのか」

「それは、もうどうでもいいや。腹が空いてきた。大人ならやけ酒だろうけど、ラーメンを食べて帰ろうよ。おごるからさ」

「ラーメンを食べる元気があれば、既に立ち直っているよ。

それに、自分をそんなに卑下する必要もないぞ。

俺は、お前の方がすごいと思っている。

対面式でのクラブ紹介のスピーチ、熱意がこもっていて良かったよ」

俺は、その時のことを思い出していた。

6

四月の対面式。生徒が主導する関高の伝統的な行事の一つだ。

毎年、入学式の翌日に行われる。

体育館で、新入生と在校生が一堂に会する。

校歌斉唱の後、まず生徒会長が新入生歓迎の祝辞を述べ、続いて副会長が生徒会運営の説明を行う。体育祭、文化祭については、それぞれの部長が日程等を明らかにする。

それが終わると、応援団が演台を隅に寄せて壇上を占拠し、応援歌『勝利讃歌』の披露となる。在校生は応援団員の手の動きに合わせ、声を張り上げて唱和する。

冷やかな時の気配に目覚めて
羽ばたき出で立ち興るもの
見よ、高崎城の一郭に
紅萌える若人の諸手広げて
新しき歴史を美空に描くなり
おお、南に自由存す

応援団が壇上から去り、演台が元に戻されると、部活動の紹介コーナーとなる。

その年度の部長が、スピーチするのが決まりだ。

クラブ紹介のスピーチは運動部から文化部へと続き、文化部は吹奏楽部から始まった。

そして、地学部の順番がきた。

俺はクラブノートを抱えて壇上に登り、演台に向かった。圭子の姿が見えた。光雄の顔も見つけた。

冷静に周りを見渡せている。緊張はしていない。うまくしゃべれるはずだ。


「新入生の皆さん、おはようございます。地学部の鈴木です。

恐らく、地学部とは皆さんが初めて耳にするクラブ名なのではないでしょうか。

二年前の私がそうでした。どんなクラブなのだろうという好奇心で入部したのです。

私は、皆さんが少しでも興味を持つよう、地学部を紹介したいと思います。

地球の構造は、例えて言うと、ゆでたまごと同じです。

殻の部分が地球でいう地殻に当たります。白身がマントル、黄身が核です。

地表から地球の中心までの距離は、およそ六三〇〇キロ、地殻は数十キロの厚さしかありません。

まさしく、私達はゆでたまごのうすっぺらな殻の上で生活しているのです。

地殻に応力が加わることで、長期間にわたり地殻の位置が年間数センチほどずれていきます。これが地殻変動です。地殻に歪みが生まれ、地震になるのです。地殻変動説と呼ばれる地震の原因です。

また、マントルの中には、マグマがあります。マグマはマントルがドロドロに溶けた岩石です。マグマが上昇し地表まで達すると、火山の噴火です。

地球は生きているのです。地球は鼓動しているのです。

地学は、悠久の昔から存在する地球の構造と力学を研究する学問です。

私達も生きています。情熱というマグマを持っています。その情熱をクラブ活動に吐き出しませんか。

どのクラブでもいいのです。部活動で関高生の気概を示すのです。

運動部なら、熱く闘いましょう。

文化部なら、熱く語り合いましょう。

地学部では、昨年、一昨年と岩泉町の安家洞（あっか）という鍾乳洞を調べています。

アッカ（安家）とはアイヌ語で清らかな水という意味です。

観光化されていない鍾乳洞は、漆黒の闇の世界です。鍾乳洞に入る私達のいでたちは、頭はヘルメットとヘッドライト、手には軍手をはめ、そして作業ズボンに長靴です。小さめのザックを背負い、安全ベルトにロープを通して数珠つなぎに進みます。

それはもう、ジュール・ヴェルヌの『地底旅行』の世界です。

わくわくどきどきです。

新入生の皆さん、私達と一緒に、部活動でわくわくどきどきしませんか。

これで、地学部の紹介を終わります。

ご清聴ありがとうございました」

壇上を降りる時、今までよりも大きな拍手が起きていることを実感した。そして、責任を果たせたという安堵感が広がった。

地学部は四名の新入部員を獲得した。そのうち二名は待望の女子部員である。廃部は免れた。クラブ活動助成金ももらえる。五名未満になると、同好会としての登録になり、助成金はなくなるところだった。

全クラブの部員数が確定したとき、生徒会長が俺のところに来た。

「地学部は、今年は四名の入部者があって、部員を五名以上確保できました。廃部にならなくて良かったですね。今年は、どのクラブも入部者が多かったです。鈴木さんの名演説が貢献したのだと思います。ありがとう」

対面式から月日の経つのが早い気がする。

三学年も、もう二カ月が過ぎ、六月に入っているのだ。真剣に将来を考えなければならない時期なのだ。

やっぱり光雄の方がしっかりしている。俺は甘っちょろい。

八月末までに進路を決めるのでは、のんびりし過ぎている。

俺の心に言いようのない焦りが広がった。

「光雄、帰るけど、やけ酒ならぬやけ食いに付き合ってもらうぞ」

俺達は地学部室を退室し、西日が射し込む校舎から外に出た。

雨はすっかり上がっている。

東の空にうっすらと虹がかかっているのが見えた。

7

その日の空は晴れたが、俺の方は迷路に入り込んでしまった。

そもそも大学に行きたい理由が何なのか、分からなくなってしまった。

光雄の言った「何のために大学に行きたいんだよ」という言葉が、俺の心に突き刺さっている。

高校三年にもなって、進学理由が大学対抗戦のグラウンドで大声で母校を応援したいからだなんて、幼児の考えに等しい。自分が情けなくなる。

「高度な教養と専門的な知識を得るためだよ」とでも言えば、「この街で役に立ちたい」と熱く語る光雄も納得させることができ、進学を前向きに考えてもらえただろうか。

いや、そんな取って付けたような理由では無理だろうし、俺自身、親に高い授業料を出してもらうのに、「そんだけのことのためかよ」と思ってしまう。

そして再び、「何のために大学に行きたいんだ」という最初の問いに舞い戻ってくる。


夕食の時も、大学進学の意義や圭子のことに心を奪われ、箸が進まずにいたようだ。

父の浩吉と母の文子（ふみ）が、俺の様子に気付いて「どうしたんだ」、「どうかしたの」と代わる代わる心配して尋ねてくるのを、俺は「何でもない」、「どうもしてないよ」とおざなりに答え、卓袱台（ちゃぶ）の前から離れようとした。

浩吉が「食事が済んだなら、ごちそうさまの一言ぐらい言ったらどうなんだ」と俺を呼び止める。

「ああ、忘れてた。ごちそうさまでした。考え事をしていただけだよ。具合が悪いわけじゃあない」と言い訳して、二階の俺の部屋に上がって行った。

妹の京子は、茶の間の空気が一瞬険悪になったので、小言が自分に及ばない前に、食器を下げながらその場から逃げ出した。

「ごちそうさまでした。宿題を片付けなくちゃ、私、今日は忙しいんだぁ」

子供達が自分の部屋へ引き揚げた後で、文子は夫に話しかけた。

「お兄ちゃんは、大学受験を控えて、神経がぴりぴりしてるのよ。勘弁してあげて。このところ、うわの空で、ずっとそうなの」

「そうなのかなぁ、父親が煙たいんじゃあないのか。

同僚の小林さんも、浩一と同じぐらいの息子さんから、『ずっと口をきいてもらえないんだ』

とこぼしていたな」

「あら、どこも色々あるのね」

「その小林さんが、以前こうも言ってただろう。

『会社勤めの人間は、会社をクビになったら、すぐに干上がってしまう。手に職があるわけで
もなく、商売を始める才覚や資産がなければ、陸に上がった河童の状態になるよ』って」

「うちの引っ越しの手伝いに、来てくれた時のことでしょう」

「そう。事務屋しかできない俺は、身につまされたよ。

だから、うちの子には資格でも免許でも、何か身につけさせようと思った。

そしたら、小林さんにさ、『だったら、学士様にしたらいい。学費の心配があるんなら、今
から簡易保険に入っていた方がいいよ』と保険の加入を強く勧められたよな」

「そうだったわね。小林さんのところは借家で立ち退きを迫られていたし、備えの必要を切実
に感じてたみたいね。

それに、お子さん達の将来のことまで考えていたから偉いと思ったわ。

うちも来年は大変よ。お兄ちゃんは大学、京子は高校進学。物入りになるわよ」

「ああ、ちょうど来年の春、あの保険が満期になる。それで、何とか入学金とかは用意できるよ。小林さんに、保険を勧められたお陰だな」

「あっ、そうね」

「でも、これは子供には内緒だぞ。うちも安月給だから、授業料の安い国立大と公立高校に行ってもらわないと困るんだ」

「あの十年満期保険は、今になれば本当に助かるわね。京子は関高を目指すようだけど、お兄ちゃんは相当に悩んでるみたいよ」

「そうなのか。子供のことは、いつも心配の種だな。

そうそう、酒の付き合いで、小林さんの話を聞いていると、切なくなる時もあるんだ」

「どんなことなの」

「こないだは『しがない会社勤めの俺が、息子達にしてやれるのは、上の学校に進学させることだけだ。これからは、どこの会社も高学歴の人材を求めるようになる。だから、学歴がないと駄目なんだ』と言っていた」

「それは、当たっていると思うわ」

「それから、『学歴のことで、自分のように悔しい思いをさせたくないからさ』と嘆くんだよ。

『尋常小学校しか出てないから、馬鹿にされることもある。まじめに働いているのに、昇進がみんなより遅いんだ」

「あら、あなたも聞いていて、本当に辛いわね」

「しかも、子供の将来を考えて、身を粉にして働いているのに、当の子供達にうるさがられたら、親として立つ瀬がないよなぁ」

「親って、損な役回りなのよね。それにしても、あんなに人のいい小林さんの気持ちを考えると、私まで悲しくなってしまうわ」

「子が親の気持ちや苦労を分かるようになるのは、きっと自分の子を持った時なんだろうな」

「そうねぇ、私もそうだったわ」

「順番に体験していくようになっているんだよ。親の苦労を声高に言わなくても、いずれ子育てを経験してみて、その時に親の有難みに気付くんだ。順繰りなんだよ。

小林さんも、それはそれでいいと思っている。

いつか、子供達に『ありがとう』と感じてもらえたら、親はそれだけで報われるんだ」

「そうだわねぇ、それだけでも親としては嬉しいわね」

そして、浩吉と文子は食事の後の白湯をすすりながら、しばらくの間は、自分達の感慨に浸っていた。

8

六月の第三週目に、東北地方は梅雨入りした。天気図には、梅雨前線が日本列島の東西に長々と横たわっている。

この時期の体育の授業は、室内で行える柔道となる。クラスの男子全員が柔道着に着替え、白帯を締めて柔道室に集まった。

まず受け身の練習から始まる。

俺達の受け身を見ていた体育担任は、全員を板壁まで下がらせ、俺だけを部屋の中央に呼んだ。受け身の基本ができているからだろうか、俺を相手にして巴投げの実技を見せるつもりだ。

俺は指示通り、力任せに押していくと、わざと仰向けに倒れた先生から下腹に足裏を当てられ、無理やり前転をさせられる形で放り投げられた。

しかし、俺は宙返りして足から着地した。

柔道室に「ウォー」というどよめきが起こった。

俺はにんまりとして先生を見た。先生も苦笑いしている。先生はきれいに技を決めたかっただろうけど、俺は倒されなかった。

それから、乱取りが始まった。俺と背恰好が似ている伊藤正孝と組みになる。俺は大外刈りとかいろいろ技をかけて攻めてみるが、正孝も足を踏ん張って倒れない。結局、二人とも相手の柔道着の襟と袖をつかんだままの姿勢で終了した。

柔道室から教室に戻るとき、正孝が「今日の昼休みは一緒に食べよう。弁当だろう」と誘ってきた。

正孝はワンゲル部の部長で、同じクラブの光雄とも仲がいい。光雄とのじゃんけんに負けて、今年の部長を引き受けたのだ。光雄は裏方の副部長にまわっている。

俺は教室に入るとすぐに、学生鞄から弁当箱を取り出し、窓際にある正孝の席に向かった。そして、正孝の席の前に陣取った。図書室か部室にでも行っているのだろう、本人のいない椅子を借りて座り、正孝の机の上に弁当を広げる。

正孝は、俺の弁当の中身をちらっと見てから、自分の弁当に箸をつけた。口の中に卵焼きを入れたままでしゃべり始める。

「さっきの巴投げの実技では、受け身の基本を見せるべきだったな」

「宙返り着地は駄目かよ」

「駄目なことはないけど、誰もができることじゃないだろう。基本ができてなくて、真似たら怪我するよ。それに、あれはまぐれだろう」

「そうだな」

「先生は巴投げに対処する受け身の見本を、お前に示してもらいたかったんだよ。それを勘違いして、先生にいい格好はさせたくないという対抗心があったろう。宙返り着地に注目が集まって、決まらなかった巴投げを教えづらくなったはずだよ。素直に応じていれば、俺達は乱取りではなく、巴投げの練習に入れたな」

「そうか。悪かったなぁ。相変わらず、冷静に物事を見ているよ」

「いや、謝るようなことではないよ。どうでもいいことだ。まあ、俺の感想だな。

それから、佐藤圭子のことで、お前と光雄は恋敵だったけど、圭子には既に想いを寄せている人がいるって聞いたよ。お前達二人は、片想いだったんだって」

「それがどうした。お前には好きな奴がいないのかよ」

「そう、とがるなよ。俺の好きなタイプはあそこにいるよ」

正孝が箸で指し示す方向を見ると、浜崎和子がいた。自分の席で弁当を食べ終え、午後の教科の予習を始めている。和子は清楚な感じがして、女生徒からも人気がある。

「あいつかぁ。まぁ、いいんじゃないか」

「何だよ。感想はそれだけかよ」

俺も正孝も弁当箱をからにした。正孝は昼飯を食べ終わって、話の本題はこれからだと言わんばかりの勢いで意外なことを口にする。

「世間は狭いぞ。俺の親父と圭子の父親とは関高の同窓生で、柔道部出身だよ。

親父の話だと、当時の柔道部は強かったらしい。特に圭子の父親は、鬼の形相で相手を威圧し、勝ち続けたという。試合ではこわい顔しても、根は親切で優しかったから、いい人と出会ったんだよ。今の圭子の母親だ。晩婚になったけど、当時では珍しい恋愛結婚だ」

「そうなのかよ。それで」

「柔道部の仲間は、野獣がやっと美女と結婚できたと喜び、女の子は作らない方がいいとからかったんだ。

本人はさ、仲間の冗談をまともに受け止め、みにくい女の子が生まれたらどうしようとオロオロする。こわもての男が、子供が授かる前から心配する様子は可笑しかったそうだ。仲間同士で、大いに盛り上がったんだ」

「へぇ、そんなことがあったんだ」

「ところがさ、可愛い女の子が生まれたんだよ。杞憂だったんだよ。それが圭子だよ」

「なるほどな。でも、圭子が今どうなっているか、光雄から聞いているだろう」

「藤原病院長のことか。当時の柔道部仲間の一人だよ。俺の親父の所にも、時々遊びに来てて、『男と男の約束』が口癖の人だな。

俺にも、その口癖を使ったことがあった。『高校は関高に行くんだよ。これは、男と男の約束だよ』ってね。合格できた時は、万年筆を入学祝いにもらったよ。圭子の学費援助だって、縁談とは関係なく、善意から言ったんだと思うなぁ。男気があるんだよ」

「そうかなぁ」

「お前さ、圭子の相手が病院長の息子なので、ずるいと思ったんだろうけど、学費援助は話の弾みで出てきたんだよ」

「分かったよ。もう圭子の話はいいよ。

これ以上聞いても、自分が惨めになるだけだ」

「それじゃあ、別の話をするよ。

ある大学は合格点に達しなくても、達しない分寄付金の上積みをすれば入学できるらしい」

「それって、詐欺にならないのか。合格点と受験生の点数が公表されないんだから、幾らでも寄付金の上積みを要求されるじゃないか」

「お前は、そういう見方をするか。

俺は身近で、こんなことがあることに唖然としたよ。世の中には、もっと不正や不公平があるんだろうなと思った。

そう思ったら、裁判官になって世の中を正したくなった。社会正義を実現したくなった」

「社会正義の実現とは、大きくでたな」

「それにさ、政治の世界では『永田町を黒い霧が覆っている』と批判されても、自浄作用がないだろう。選挙結果に影響がなかったと分かると、政治家は『霧が晴れた』と勘違いをしている。同じ手法で政治を行うだけだ。

もう、世の中を正すことのできるのは、三権分立の鼎の一つである司法機関しかないよ」

「そうだな」

「司法には、行政機関と立法府に対するチェック機能もあるよな。それで、新憲法が求める法の下での平等社会を目指すんだよ。

俺は、法の番人としての裁判官になるつもりだ」

「お前の決意は、本当にすごいな。俺には重すぎてしっくりこないけど、お前は確かに判事に向いてるよ。物事を客観的に分析して判断できる。いいと思うよ」

「うん、頑張るつもりだ」

「じゃあ、お前は法学部を目指すことになるんだな」

「俺はさ、新憲法の前文に感激してさ、その憲法が掲げる国民主権、基本的人権の尊重、平和主義という三大理念が好きなんだ。理想というたいまつを、空高く突き上げている『自由の女神』を連想するんだよ。

それから、その理想に殉じる自分の姿を思い描いてしまうんだ」

「まったく、お前の理想主義には辟易するなぁ。でも、なんであれ、目標のある奴が羨ましいよ。俺は、まだ将来を決められないんだ」

「なんだよ、どうしたんだよ」

「入りたい大学はあるよ。だけど、何を勉強したいのか分からないんだよ……。

さぁて、そろそろ自分の席に行かないと、昼休みが終わる時間だ。俺が座っている席の奴も、教室に戻ってくる頃だろう」

俺が立ち上がって去ろうとすると、正孝は心配そうに言った。

「鈴木、まだ進路を決めてないなら、俺と一緒に法学部を目指さないか」

「うん、考えてみるよ。お前、頑張れよ。

じゃあな、自分の席に戻るよ」

9

七月最初の日曜日は、午前中から暑さが厳しかった。

光雄は、大町商店街にある高橋精肉店の俊宏を訪ねた。

冷蔵陳列ケースのある店先から俊宏を呼んだ。

熊のような巨漢が店の奥からうちわをパタパタしながら現れた。

「めずらしいな。光雄じゃないか。裏から家の中に入ってくれ。何か用事があるのか」

「うん」と返事をしながら、光雄は裏にまわった。俊宏がテレビを見ていた居間に通された。

俊宏はテレビを消し、扇風機を光雄の方に向けてくれる。

光雄は扇風機の風に当たりながら話を切り出した。

「久し振りだなぁ。同じ大町商店街にいても、通う高校が違うと中々会えないもんだ。実はさ、俺、関高を卒業したら、家業を継ぐことにしたんだ。お前は、どうする。それと、菊池英子が三年の始めから病気で休学している。知っていることがあれば教えてくれないか」

「大島荒物屋を継ぐのか。それはいい。お前が近所にいれば、俺も心強いよ。俺は、ここの跡取り息子だからね。別な所に就職する必要もない。高校を卒業したら、ここで商売をするよ」

「そうか。こっちこそ、よろしく頼むよ。それで、菊池呉服店の一人娘の英子のことはどうだろう。お前なら、詳しいんじゃあないかなぁと思ってさ」

俊宏は、顔を曇らせた。

「仙台の大学病院に入院している。急性の白血病らしい。もう駄目かもしれない」

「やっぱりそうか。情報通のお袋も、余命数カ月だろうと言っていたな。英子はそのことを知っているのかな」

「知っている」と俊宏はボソッと言った。

「英子から聞いたのか」と光雄は質した。

「そうじゃあない。俺が、そう思っただけだ」

そして、今度は堰が切れたように感情を吐き出した。

「光雄、教えてくれ。

深夜の二時、三時までやる勉強って何なんだよ。体を壊してまでやる勉強ってなんだよ。勉強ってそんなに大事なものなのか。

俺なら勉強の方を放り投げるぞ。自分の体の方を大事にするぞ。死んでしまったら、勉強なんて何にもならないじゃないか。

男も知らないで死んでしまうようなことになったら、英子は何のために生まれてきたんだよ」

「俺も体を壊してまでやる勉強の大切さは分からない。鈴木にでも訊いてみろよ。

それで、英子の見舞いには行ったのか」

「行ってない。何を話したらいいのか分からないからな。

鈴木って、親父が磐井工業に勤めている浩一だろう。いつも、一緒に登校しているらしいな」

「ああ。うちのお袋からでも聞いたのか」

「そう。お前のお袋が前にここに来て、そんなことをしゃべっていたよ」

「お袋のおしゃべりには参るなぁ。ところでさ、英子は自分の弱った姿を、男子関高生には絶対に見せたくないと言ってるらしい」

「そうなのかぁ」

「だからさ、関高生でないお前なら、見舞いに行き易いだろう。何も話さなくてもいい。英子の病室に入ったら、自分が見舞いにきたことだけを告げればいい。英子の方がお前に話しかけてくるから、ウンウンと頷いてればいいんだ」

俊宏は黙っている。

「だけど、そうだな、帰り際がいいと思う。

男を知らない英子に、お前の男の想いだけは伝えてこいよ。ちっちゃい頃から好きだったと。振られて元々だろう。

英子が元気なうちに会って来いよ」

「お前が、見舞いに行けばいいじゃあないかぁ。俺は嫌がられるよ」

「それは違うぞ。

英子は関高生には来て欲しくないと思っているけど、お前なら会ってくれるよ。絶対に待っているはずだ」

「そんなこと、どうして分かるんだ」

「俺はさぁ、運動の苦手な英子に、ドッジボールを投げられない、受けられないとからかってしまったことがあったんだ。ひどいことを言ってしまったと後悔したけど、英子も屈辱と感じたのか、それ以来、口をきいてもらえなくなったんだよ。小学三年の頃だ」

「本心じゃあなかったんだろう」

「うん。つい言ってしまったんだ」

「だったら、お前が見舞いに行って、謝ってこいよ」

「いやぁ、それじゃあ大袈裟になって、賢い英子のことだ、何かおかしいと思ってしまうよ。病気が重いことを、悟ってしまうじゃあないか。

だけど、お前は英子の傍にいて、いつも庇ってやっていただろう。お前が病院に行って、ちっちゃい頃のように、英子を元気付けるのが一番いいんだよ」

俊宏は、大きな体を小刻みに震わせて俯いている。

「おい、どうした。泣いているのか。英子の見舞いの件は頼むよ」

俊宏は返答もせず俯いたままだ。

「それとも一つ、報告がある。

俺も浩一も佐藤圭子から相手にもされなかった。片想いだったよ。いつか、片想いの三人が集まり、英子や圭子を肴にして、酒を酌み交わせたらいいな。また来るよ」

俊宏はやはり顔を上げなかった。

見送りもしないで、病床にいる英子のことをいつまでも考え続けていた。

10

このところ、俺と光雄は菊池英子を話題にすることが多くなった。圭子のことを忘れたわけではない。光雄の言うところの見守ることしかなかったからだ。自然と英子の話になる。

俺は、英子が地元の病院から紹介されて、設備の整った仙台の大学病院に入院していることは聞いていた。光雄が俊宏と会ったことも知っている。

この日の光雄は、英子が本当の病名を知らずにいるのかどうか、俺に問いかけてくる。

「英子は、知っているだろうか。

俊宏は、どうして英子が知っていると断言できたんだろう。親も医者も、命に関わることは本人には絶対に秘密にするよな。お前は、どう思う」

俺は英子の行動や考えを推測した。

「英子は自分の病気を知っていると思う。

小二だったかなぁ、小学生の時のエピソードを覚えてるか。

何の事だったか忘れたけどさ、担任の先生の説明に納得いかず、次の日、『百科事典では先生と違う説明がされています。百科事典が間違っているのですか』と担任を問い詰めたことがあったろう。

英子なら、自分で症状から病名を知ろうとするだろうな」

「そうだな」

「最初は家庭の医学書から調べていた。だけど、調べているうち疑念が大きくなったと思うんだ」

「うん、それで」と光雄が続きを促す。

「以前、英子が市の図書館から専門的な医学書を借り出したことがあったよな。お前と、この街のことを調べようとして、市や県の資料を閲覧していた日のことだよ。

英子も、俺達が閲覧室にいることを気付いたようだけど、言葉を交わすこともなく、すぐにいなくなってしまった」

「ああ、そうだったな。なんで、専門書を借りるんだろうと思ったよな」

「その時は、俺たちは英子がもう医学部に進む準備をしていると短絡的に考えたさ。理数系クラスの秀才だからね。

でも、そうではなかったんだ。英子は自分の症状を、医学書から徹底的に調べていたんだよ。

そして、最悪の結論を出したと思うんだ」

「確かに英子なら、疑問をそのままにしないな。調べようとするな。きっと、それで知ったんだ」

「だけど、自分で出したその結論を絶対に認めようとしなかった。症状は似ているけど、今は元気だし、自分がそんな病名のつく病気になるはずがないと思ったことだろう。

病院に行ってないし、両親にも打ち明けた形跡もないからね。

むしろ、そんなことがあってから、睡眠時間を減らしてまで猛勉強を始めている」

「確かに、あの頃だなぁ」

「それは、今から思うと、運動の苦手な英子が学校で自分の存在を主張できるのは、勉強しかなかったからではないのかな。

一番の成績を目指すことが、生きる意義を見出すものだった。

そうしなければ、自分の存在に意味がない。

そんな強迫観念に駆られたんじゃあないのかなぁ」

光雄は、俺のここまでの推理を引き継いだ。

「英子は二年の最後の期末試験で、男子を押しのけてトップの成績になった。

女子がトップになったことは快挙だった。

これまでだって、三番と下がらない成績だったけど、誰もが英子はすごいと思った」

「ああ、遂にやったなという感じだった」

「だけど、それまでだった。

病魔が英子の体を容赦なく蝕んでいたんだ。

英子は、学校でめまいがして倒れ、市内の病院に運ばれた。

その時は、俺達は難病とは知らず、猛勉強の無理がたたって、体調を崩したからだろうとしか考えなかったよな」

「ああ、そうだった」

「体力さえ回復すれば、すぐにでも学校に戻ってくると思ったよな……。でも、英子には自分の運命が分かっていたんだ」

俺と光雄は、英子のことをこのように推測した。

しかし、英子の入院後も会っていない俊宏が、どうやって英子が自分の病名を「知っている」と断定できたのかは不思議だった。

11

もうすぐ期末試験が始まる。今度の期末試験の結果は、八月下旬の進路指導の判断材料にされるから、誰もが気合を入れて勉強に取り組むはずだ。

問題集中心の受験勉強を当分やめて、出題範囲が予想される教科書の復習に切り替えよう。

世界史は、中世からルネッサンス時代が出題範囲となる。十字軍遠征とかルネッサンスについて記述させる問題がでるはずだ。先生が板書した内容を、整理してノートにしておこう。

二階の俺の部屋には、下からの物音が聞こえなくなった。一階の部屋の灯りも消えている。家族は、既に寝ているのだ。

目覚まし時計を見ると、深夜の二時を過ぎている。ルネッサンス期のポイント整理は終えることができた。

ホッとして、大きく伸びをする。

ふと、英子のことを考えた。


小学一年の冬休み、みんなで英子の部屋に集まったことがあった。

部屋には、全国各地の民芸品が飾ってある立派なガラスケースと大きな本棚があり、本棚には百科事典と少年少女文学全集が並んでいた。その全集の巻数の抜けているところは、まだ発売されていないのだという。

俺は「わぁ、すごい。これ全部読んだの」と驚いてしまった。

「事典は、調べたいことがある時に使うだけだけど、その全集はほとんど読んだの」と事もなげに英子は言う。

光雄は、本当は民芸品の方に興味があったが、あえて本棚を覗き込み、「見てもいい」と訊いた。

「いいわよ。圭子ちゃんも、このあいだの読みかけの続きを読んだら」

圭子は何度もこの部屋に来たことがあるようだ。慣れた仕草で本棚から読みさしの一冊を抜き出して、すぐに座って読み始めた。

俺と光雄は、本棚の前で「どれにしようかな」と迷いながらも、適当な一冊を選び、広げてみた。挿絵が豊富で、漢字にはふりがながついていた。

「これなら読める」と思った。

一冊の本を、二人でのぞき込むようにして、声を出して読んだ。

英子と圭子は、俺達の様子が可笑しかったのか、クスクス笑っていた。

本の内容はすっかり忘れたけれど、題名はおぼろげながら覚えている。『アーサー物語』か『アーサー王物語』だったと思う。

それが本を読む切っ掛けになった。

三学期になると、俺と光雄は、学校の図書室から競うようにして本を借り出し、むさぼり読んだ。

もっとも、文学全集に載るような有名な作品よりも、古代ローマの戦記物や少年探偵団シリーズの読み物が多かったけれど、本好きにはなれた。

早くから読書する習慣が身についたのは、英子のお陰だと思う。

そして、ローマ史に燦然と輝く英雄カエサルが好きになり、古代ローマ人の服装トーガを真似て、呉服店で売り物の反物を肩から腰に巻き付けて遊んでいるのを、店員の及川さんに見つかり、こっぴどく叱られたことがあった。

俺と光雄の悪戯を知った母親が、揃って謝りに行き、「どうか弁償させてください」と言って、その反物を引き取ろうとした。

及川さんは「叱ったのは、弁償して欲しいからではないんですよ。玩具にされたくなかったからです。反物は呉服店の顔であり、命ですから、粗末に扱われたくないんです。でも、そこまでおっしゃるのなら、この値段で結構ですよ」と卸値で譲ってくれることになった。

俺達は、母親に余計な出費をさせたことを申し訳なく思い、それからは外で遊ぶようにしたし、呉服店には行きづらくなった。


英子と圭子が、全国大会の読書感想文募集に、学校側の推薦を受けて応募したことがあったが、入選したのは圭子の方だった。

俺は、英子の感想文もうまいと思っていたので、そのことを担任に尋ねたことがあった。

担任は「佐藤さんは子供らしく感じたことを生き生きと表現していたのに、菊池さんは大人びていたからかな」と言う。

「先生、大人の感想文を書いていたなら、入選しないとおかしいよ」

「そうね。審査した人達は、きっと大人が考えたことを真似したと思ったのね。生徒自身が書いたものとは思わなかったのよ」

スポーツなら、小学生が大人の記録を出せば、絶対に一位になれるのに、読書感想文では、そうはいかないのだ。

圭子が才女と形容されるなら、英子は誤解されやすい神童だった。


高校二年の春休み、圭子と教室でポスター作りしていた頃には、英子は仙台の大学病院に入院し、休学届を学校に提出していた。

担当医師は英子に話さなくても、両親には病名の告知はしたはずだ。

母親は本当のことを隠したまま、当たり障りのない病名を言って、英子を元気付けていたことだろう。

だが、英子は母親がつく優しい嘘から、医学書で調べた病名が的中し、命の危険があることも悟ったに違いない。

やるせなさがこみ上げてくる。

机にうつ伏せになった。


ごちゃごちゃした夢を見ていた。

小学生の英子と圭子がいる。光雄はなぜか先を走っている。安家洞だ。自分は闇の中にいた。

前はどっちだろう。正孝が手で指図する。あれ、俊宏が英子と一緒にいる。圭子はもういない。ゲーリー・クーパーが圭子の母親を連れて来た。圭子の母親なら、俺の頭をなでてくれるはずだ。違う。違う。違う女だ。見知らぬ女が、股間に手を伸ばしてきた。


その瞬間、目を覚ました。夢精だ。

部屋の灯りはついたままだった。

それでも、明け方の光がカーテンの隙間から射し込んでいるのが見えた。

英子が病気で苦しんでいるときに、俺は何をしているんだろう。

自分が嫌になった。

12

昨日で期末試験が終了した。七月二十五日から夏休みが始まる。

東北地方の学校は、夏休みは八月二十五日までの一カ月間である。夏休みが短い分、冬休みが長くなっている。

登校する関高生の顔にも、夏休みへの期待と期末試験から解放された明るさがあった。

後ろから「鈴木先輩」と呼び止める声がした。

振り返ると、今春、地学部に入部した岩淵裕子（ゆうこ）と菅原幸子（さちこ）だ。

俺と光雄は立ち止まり、後輩が追いつくのを待った。

「いつも、この時間に登校するんですか」

「そうだよ。そっちはどうしたの」

「列車が途中で遅れたんです。急いで通りを歩いていたら、そこの荒物屋さんから先輩が出てきたので追いかけました」と裕子が答える。

「その荒物屋の御曹司、大島光雄様であらせられる」

俺は、ふざけた口調で光雄を二人に紹介した。

光雄は右の掌を裕子と幸子に向けて上げ、「ハウ」と言った。それがインディアンそっくりのあいさつだったので、幸子はクスッと笑った。光雄は後輩に受けたことを喜んでいる。

裕子が歩きながら、俺に安家洞での靴の相談をする。

「幸子とも話していたんですが、鍾乳洞に入るのに、運動靴でも大丈夫ですよね」

「滑らなくて水が入ってこない履き物なら平気だよ。俺は軽登山靴にしている」

「わぁ、ずるい。ゴム長靴でいいみたいなことを言っておいて」

「実は、傍にいるワンゲル部の副部長からアドバイスをもらったんだ」

幸子が話に割って入ってきた。

「大島先輩はワンゲル部ですか。女子の部員はいるんですか」

光雄は幸子を振り返る。

「女子部員はいないよ。女子部員獲得競争は、地学部に先を越されてしまった」

光雄は話を続ける。

「さっきの話だけど、登山靴には重登山靴と軽登山靴とがあって、鈴木には軽登山靴を薦めた。それに、防水性があってハイキングに適した運動靴もあるよ。

そうだ。もう通り過ぎたけど、地主町の運動具店へ、みんなで放課後に寄ってみようか」

幸子が裕子の顔を見た。

「裕子、そうしようよ。買う、買わないは別にして寄ってみようよ」

幸子は、裕子がこくりと頷くのを確認してから、光雄に返答した。

「はい、そうします」

校舎正門に着いて、俺達はそれぞれの教室に入る前に、ここで午後四時に待ち合わせ、運動具店に行くことを約束した。

俺達は、出来るだけ早めに集まろうとして、授業終了のチャイムが鳴ると同時にそれぞれの教室を出たので、約束の時間よりも早く正門に集合でき、運動具店には四時に着いた。

結局、裕子と幸子はハイキング用の運動靴を買うことにした。

店の中では、二人ともあれこれ履いて試していたけれど、店員の「そちらの商品でしたら、二割お引きできます」という一言で決めてしまったのだ。

店員は、めいめいの運動靴を包装し、裕子と幸子に渡そうとするのを、俺と光雄は代わってその紙包みを受け取り、店の外に出た。

裕子と幸子が乗車する列車の発車時刻までは、かなり時間があるので、俺達は市内の桜の名所である釣山公園に行ってみることにした。

二人が利用している大船渡線は一、二時間に一本の割合の運行なので、一日に上下線とも十数本の発着本数しかない。利用客は一般客よりも市内の高校に通う高校生が圧倒的に多いから、市民からは通学列車の愛称で親しまれている。

猊鼻渓（げいびけい）を訪れる観光客も、この線を利用することがあるが、鉄道よりも船着場近くまで行けるバスの方が便利なので、バスを利用するのが一般的だ。

釣山は、磐井川側から眺めると小高い山に見えるが、地理学的には丘陵である。そして、釣山全域が市民の憩う公園として整備されている。

俺達は千畳敷といわれる丘の上に着いた。

麓からここまで一気に登ると、いっぺんに汗が噴き出た。五時を過ぎているのに、まだまだ日が高く、やはり夏だなと感じる。ベンチでしばらく休んでから、市内をよく見渡せる場所に移った。

俺は、裕子と幸子にこの街の歴史について説明しようと思った。

「一関藩のことを説明するね」と言って、二人に話し始める。

光雄は「説明はお前に任せる」という顔をしていた。

「釣山からみて、西側を北上する磐井川と東側を北上する吸川（すいがわ）に囲まれた平坦地が、田村家が治めた一関藩の城下町だよ。

それで、俗に田村藩と呼ばれることもあるんだ。釣山公園入り口の手前にある裁判所が藩主の居館があった所だよ」

裕子と幸子は、頷きながら聞いている。

「藩主居館の周囲に内堀を巡らせ、大町、地主町を通る奥州街道沿いには、五間幅の外堀を設けたらしい。

内堀と外堀の間は、上級家臣の住まいとされ、内家中（うちかちゅう）と呼ばれた人が暮らしていたんだよ。今でも家老の居宅だけは残ってる。現在の八幡町、田村町、大手町のことなんだ」

俺は場所を指し示しながら、説明を続ける。

「外堀の外側は、下級家臣の居住地で外家中（そとかちゅう）と言った。関高のある一帯は外家中に入るだろう。それと、奥州街道沿いに宿場町が整備され、大町、地主町は商人の居住地域になっていたんだ。地主町には本陣があったよ。写真館のあった辺りかな。今では、大町、地主町は市内で一番賑やかな商店街だよ。

それから、大島の家は江戸時代から、大町で商売をやっているんだ」

「わぁ、すごい。大島先輩の家は、そんな古くからあったんですね」

幸子は目を白黒させる。

「校歌や応援歌に出てくる高崎城って、どこなんですか。さっき言ってた藩主居館とは違うんですか」

裕子が、俺に質問する。

「釣山公園内にある千畳敷、今、俺達がいるこの場所が、中世に高崎城の本丸があった所だよ。築城の時期は不明。二の丸は、ここからちょっと下った所にあったとされている」

「何も残ってないですね。城門とかも」

裕子は更に疑問をぶつけてくる。

「うん。一関藩は城下町の建設に際して、江戸幕府から城を構えることは許されず、普通の屋敷構えにすることを指示されたんだ。だからさ、本丸とか二の丸は取り壊されたまま、釣山の麓に居館を築いたんだよ。釣山は藩主居館の背後に当たるため、一般の人が入ることは禁じられたという」

「そうだったんですか」

「でも、当時の居館の門だけが、平泉町の毛越寺山門として移築され残っているんだ」

「先輩は市の歴史に詳しいですね」

裕子が感心する。

「市の図書館で、大島と二人で一関藩やこの街に関することを調べた事があるんだよ。間違ってるところがあるとすれば、俺が勝手に想像してしゃべってるところかな」

「先輩が勝手に想像してしゃべってるところはどこなのか、私には分からないから全部信用します」

「そうだよね。実は、俺も分からなくなっちゃった」

俺は笑って頭をかいた。

光雄も、裕子も幸子も笑っている。

笑い声は、釣山の夕方の空に吸い込まれていった。

13

釣山公園から駅に向かう途中、光雄は「一関藩が、忠臣蔵の話の中に出てくるのを知っているかなぁ」と裕子と幸子に訊いた。

二人とも「知らないわ」と答える。

「それじゃあ、今度は、俺様が鈴木に代わり話しましょう」と講談口調で語り出す。

「時は元禄十四年三月十四日、勅使御馳走役浅野内匠頭は、江戸城本丸松の廊下にて幕府高家筆頭吉良上野介に刃傷に及んだぁ」

そして、光雄は事件後の話を続ける。

「浅野内匠頭は、我が一関藩主田村右京大夫の江戸上屋敷に当分お預けの身となったんだよ。それでさ、一関藩がどう取り扱うべきか思案してたところ、幕府のその後の沙汰は、その上屋敷での即日切腹であったぁ」

「一関藩は、忠臣蔵の浅野内匠頭切腹の場面で出てくるんですね」

「全然、知らなかったわ」

裕子と幸子は、この街が有名な歴史的事件に関わっていたことに驚く。

「ところでさ、刃傷事件で動転した諸大名は関わりを避けて下城したんだけど、田村右京大夫だけが当日非番にもかかわらず、奏者番詰所に居残っていたんだよ。

それで、浅野内匠頭の身柄を一関藩が預かることになったんだ。他の大名は早退していなくなっているからね。幕府も一関藩しか頼むところがなかったんだよ。

そして、それは後になって、幕府におもねる態度だとか、小藩なのに差し出がましいことと諸大名から非難されたんだ」

光雄は、その時の一関藩の風評について、知識を披露した。

「田村家の史料によると、これらの非難に対して、右京大夫は家臣に次のように語ったとされているよ」と更に続ける。

「それはさぁ、『御役を務める者は、殿中に変事があれば在宅でも即刻駆けつけなければならない。まして、登城していて何か役に立つことがないかと居残ることは、普通、奉公する者の常識であろう。他の人々が早退したのはそれぞれの考えであり、自分の考えは以上である。もし、他所より聞かれたら先のように答えよ』というものなんだ」

「そうだったんですか。全然知りませんでした。田村右京大夫は筋の通った人ですね」

裕子が称賛する。

「この街のことを、知れば知るほど好きになりそうです。それに、先輩はその史料を暗記しているんですね。すごいですね」

幸子は、この街に親しみを持ってくれた。

「この街が好きなのは大島と同じだね。

それからさ、山本周五郎の小説『樅ノ木は残った』の舞台にもなっているよ。残念ながら、こちらは伊達騒動の首謀者の本拠地として描かれているけどね」

俺は、この街に関わるもう一つの歴史的事件と、それを題材にした作品について、つけ加えた。

そうこうするうち、俺達は駅に到着した。駅の待合室は高校生らで混み合っていた。

光雄は、列車の発車時刻が迫っていたので、慌てて裕子と幸子に話しかける。

「発車まで三、四分あるから、急げば大船渡線ホームまで間に合うよね。今日は楽しかったよ」

「私達こそ、買い物に付き合ってもらって、ありがとうございました。この街のことも勉強になりました」

「さっきの山本周五郎の本は早速読んでみます。それから、その運動靴、持ってもらってすみませんでした」

ごった返す改札口のところで、俺と光雄は運動靴の入った紙包みを二人に返した。

裕子と幸子は、大船渡線ホームにつながる跨線橋の階段を上がって行って、すぐに見えなくなった。

その夜、俺は、光雄と一緒に一関藩やこの街のことを調べて書き記した大学ノートを本棚から探し出した。

そして、その一部をあらためて読み返してみた。

(中世から近世)

一関の高崎城には、葛西氏家臣小野寺伊賀守が在城していたといわれる。

葛西氏は鎌倉幕府御家人で、平泉の藤原氏滅亡後、奥州総奉行に任ぜられていた。

四百年の間、葛西氏が岩手県南、宮城県北の北上川流域を支配していた。しかし、豊臣秀吉の奥州仕置によって滅び、その所領は伊達政宗の領地となった。政宗の末子宗勝（むねかつ）が、この地に居所を構えた。一六六〇年に仙台藩から三万石を分与されて大名に列し、立藩した。仙台藩支藩という位置付けである。その後、宗勝はいわゆる伊達騒動（寛文事件）で失脚する。

一六八一年になると、岩沼藩主田村建顕（たけあき）が所替となり、翌年当地に入った。建顕は宗勝の遺領をほぼ引き継ぎ、城下町整備から始めた。以後、田村家が明治維新まで十一代続き、この地を治めることとなる。

田村藩とも称される由縁である。官職は右京大夫とされることが多かった。

14

次の日の登校途中で、俺は光雄に夏休みの予定を訊いた。

光雄は、ワンゲル部の活動として、七月二十七日から二泊三日で焼石岳に登る予定があるだけで、ほかには何もないという。

焼石岳は岩手県南の奥羽山脈に属し、標高一五四八メートルである。県南では、他に栗駒山

（須川岳）一六二七メートルがそびえている。県北の奥羽山脈には、岩手山二〇三八メートルが岩手県の最高峰として君臨する。

そして、北上山地に属する早池峰（はやちね）山は一九一七メートルである。

焼石岳の話が出たことから、県南のもう一つの名峰である栗駒山に光雄と二人で登ろうということになった。

栗駒山は岩手県、秋田県、宮城県にまたがり、幾つかの登山道があるが、岩手県側からは須川温泉を起点とするもので、頂上までは二時間ほどの山行だという。

それから、俺の夏休みの予定を、光雄に簡単に説明した。

七月二十八日～三十日　安家洞での部活動

八月　八日～十一日　夏期講習

栗駒山登山の日程は、旧盆過ぎの二十日前後で、光雄が検討することになった。

放課後、俺は地学部室に籠もっていた。教科担任から、期末試験の答案が続々と戻されている。教室では落ち着いて見られなかった答案を点検するためだ。

今回、世界史は力を入れたので高得点だった。他の科目もまあまあの点を取れた。

試験前は、圭子のことなどで勉強が手に付かない日もあったことを考えれば、健闘した方だ。

そこへ、岩淵裕子がやってきた。

「鈴木先輩、昨日はありがとうございました。

部活動で、何かお手伝いできることはありますか」

「こっちこそ、楽しかったよ。でも、暑かったのに街中をあちこち歩かせてしまって悪かったね。安家洞への手配は、二年生部員が全部やってくれた。戻ってからの資料整理は、一年生部員が中心にやることになるから、その時はよろしく頼むよ」

「分かりました。また、どこかの名所、旧跡に案内してください。それに、ハイキング用の運動靴を買ったので、いっぱい使わないともったいないです。

ところで、先輩の夏休みの予定はどんなですか」

「夏期講習と受験勉強だよ」

「やっぱり受験勉強ですかぁ。どこの大学を受けるんですか」

「情けないことに、まだ決められないんだ」

「それでは、私が決めてあげます。

岩手大学教育学部、地元の先生になってください」

「それは、どうして」

「私、小学校の先生になることが小さい頃からの夢でした。

だから、先輩がそうなってくれたら、先輩を目標にして頑張れます」

「岩淵がそれを望んでおられる」

「先輩、何ですか、それ」

「ローマ法王ウルバン二世が、キリスト教徒の聴衆に向かって、十字軍遠征を鼓舞した演説の一部、それをもじった。本当は、『神がそれを望んでおられる』だよ」

「先輩は世界史にも詳しいんですね」

「いや、期末試験の出題範囲で、教科書を読んでいたら脚注に載っていたんだ。

岩淵さんは、今日はこれからどうするの。もし、部室を使いたいんであれば明け渡すよ」

「いいえ、先輩に昨日のお礼を言いたかっただけですから、もう帰ります」

「それじゃあ、一緒に帰ろうか。正門で待っているよ」

「はい。お願いします」

裕子は、部室から小走りに自分の教室に戻っていった。


俺が玄関ホールを出ると、裕子の方が先に正門で待っているのが見えた。

「あれ、早かったね。逆に待たせたかな」

「そんなことないです。先輩を待たせては悪いと思って、急いで教室を飛び出たら、ちょっと先になっただけです」

「そうか、俺の方がモタモタしてたのか。そういえば、昨日の帰りの列車は間に合ったの。ちょっと大島と心配してた。駅に着いたのがぎりぎりだったたから、乗り遅れたら一時間以上も次の列車を待つんだろうなって」

「お陰様で大丈夫でした。

運転士も心得たもので、学生がホームにいなくなったのを確認して、発車しました」

「岩淵さんは、どの駅から通って来ているの。

菅原さんも同じ駅なの」

「摺沢駅です。幸子とは近所で、私の家が写真館、幸子のところは大東町役場に勤めています。

小さい頃からの仲良しなんです。

中学二年の時に、高校は関高を受けようと決めていたので、二人とも合格したときは抱き合って喜びました。姉妹より、気持ちが通い合えるんです」

「ふぅーん、菅原さんとは大親友なんだ。今日は、どうしたの」

「本なんかの買い物があるからと言って、先に下校したけど、きっと駅で落ち合えます。列車の発車本数は限られているから、私が乗る列車の時間までに買い物を済ませてくるはずなんです」

「摺沢駅って、政治力でできた駅と言われているよね。『我田引水』じゃなくて、『我田引鉄』と揶揄されてる」

「そうなんですよね。でも、そこに住んでる人は便利でありがたいと思ってるはずなんです。

利用客が少ないなら、利己主義と思われても仕方がないですけど、沿線の中では、利用客はかなり多いんですよ」

「そうだね。それのみで言われたくないよね」

「先輩は、市内のどこに住んでるんですか」

「五十人町だよ」

「おもしろい町名ですね。何かいわれがあるのかしら」

「田村家に仕えた足軽が、五十人ほど住んでたところらしいよ。この街には、当時の町名がそのまま残っているところが多いんだ」

「先輩の祖先も、そうなんですか」

「いや、違うよ。うちは十年前に、今のところに引っ越してるからさ」

「先輩は、この街のことは熱心に調べているのに、自分の家のことには、あまり関心がないんですね」

「そうか、おかしいね」

「でも、この街は古くからの地名を大事にしていて良いところですね。

ここで、ピアノを教えてくれるところはないかしら」

「えっ、ないと思うよ。大体がさ、ピアノを買える家が、そんなにないからさ」

「そうですよね。私も小さい頃、親にねだったけど、『家には、ピアノを置ける広さもないし、買うお金もない』と言われたんです」

「どうして、習いたいの」

「先生になるなら、オルガンは当然だけど、ピアノも上手く弾きたいんです」

「そうなの」

「音感教育には、ピアノも大切ですよね。それで、ピアノを習いたいとずっと考えていたんです」

「そうなんだぁ。岩淵さんは、きっと、いい教師になれるね」

俺と裕子は、こんな取り留めも無い会話をしながら、地主町、大町と一緒に歩いた。

昨日は、光雄がいたから気にもかけなかったが、こうして裕子と二人で街を歩いていると、異性を意識させられるし、結構人の目も気になるものだ。

それでも、俺は自分の家に帰るには、かなり遠回りではあるが、裕子を駅まで送った。


幸子は、大町商店街の洋品店で、あれこれ夏物の洋服を見て廻ってから、関高指定の半袖のブラウスを購入し、それから本屋に寄った。

店の入り口には、週刊誌や月刊誌が置いてあって、立ち読みしてる人が何人かいる。奥に行くと、参考書、問題集や辞書のコーナーがあり、隣に小説や話題になった本が並べられていた。

幸子は『樅ノ木は残った』の本を手に取って、値段を確かめた。

「ああ、単行本だから思ったより高いわ。昨日は運動靴を買って、今日、この本も買うと今月はお小遣いが赤字だわ。

でも、買っちゃおう。先輩は読んでるから話題を共有できるし、それに裕子にも貸してあげられる。

昨日の運動靴代は、母から預かったブラウス代と同じように学校で必要なものだからと言って、母に助けてもらおう」

幸子は、こんなふうにやりくり算段して、その上下巻二冊をレジにいる若い女性に持っていき、支払いを済ませた。

そして、裕子の待っている駅に向かった。


注　余談ですが、当時、中学生だった作家の井上ひさしさんは、戦後の一時期をこの街で暮らしていました。本を買うときは、大町商店街の本屋を利用していたのです。

当時のエピソードを、平成二十三年一月十二日付の『毎日新聞』「余録」が紹介しています。

ひさし少年は、辞書の万引きを店番のお婆さんに見つかります。

お婆さんは「そういうことをすると、私達は食べていけなくなるんですよ」と諌め、薪割りを命じました。

罰と思い薪を割っていると「働けば、こうして買えるのよ」と言って、お婆さんがひさし少年に辞書を渡したのです。

大作家となった井上さんは、まっとうに生きる意味を教えられ「返しても返しきれない恩」と振り返り、何度もこの街を訪れては無償の文章講座を開き、受けた恩を別の人に返す『恩送り』活動を続けたのです。

15

七月二十一日の朝は、厚い雲に覆われていた。梅雨明けは、もう少し先になりそうだ。

光雄は沈痛な面持ちで、英子が十九日の夕方に亡くなったことを俺に告げた。

その十九日は、後輩の女子部員と釣山公園に行っていた日だ。

何も知らずに、みんなで和やかに街中を歩き廻っていたことが、英子に申し訳なかったような気持ちになる。

英子が、棺で無言の帰宅したのは昨日だった。

一人娘を亡くした両親は、憔悴しきっていたという。

昨日は、このニュースが大町商店街を一日中駆け巡っていたことだろう。

その時、高橋俊宏はどうしていたのだろうか。

俺は、俊宏が英子に好意を寄せていたことを知っていたので気になった。

英子の告別式は七月二十五日、願成寺で執り行われるという。夏休みに入る日だ。

その日、俺と光男は黙りこくって登校した。


告別式の当日、東北地方も梅雨が明けていて、朝からよく晴れていた。

告別式の行われる願成寺は、釣山の東南の麓に位置し、駅から徒歩十五分ほどの距離にある。かつての商家の檀那寺だ。因みに、藩主田村家の菩提寺は祥雲寺といい、願成寺の少し南、市内台町にある。

告別式には、俺と光雄のほかに、関高からは校長、教頭、二学年の時の担任と生徒会長が参列していた。

それに、佐藤圭子も何人かの女生徒と焼香の順番を待っている。

俺と光雄は、遠くから圭子に軽く会釈をしただけで、話はしなかった。

俊宏の姿が見えたので、俺達の傍に呼び寄せた。告別式が終了したら、俊宏と話し合いたかったからだ。

読経が終わり、喪主夫婦、親族から焼香が始まった。

俺達は最後の方で、光雄、俺、俊宏の順番で焼香を済ませた。

親族代表である英子の伯父のあいさつは、悲痛なものであった。

「……仮に良縁に恵まれ、嫁いで菊池家を出るにしても、まだ何年も先のはずでした。

しかし、こんなにも早く、十七歳でした。もう顔も見ることもできない、声も聞くこともできない、手紙のやりとりもできない永遠の別れとなれば、両親の悲しみはいかばかりでしょうか。

亡くなった姪の英子は、自分の病気のことを知っていました。入院する前から知っていました。自分で調べていたのです。

病気だから運命と諦めた英子の悔しさは、どんなだったでしょうか。

死期を悟った英子は立派でした。自棄（やけ）を起こすことはしませんでした。

むしろ、両親の看病疲れを気遣ってくれていました。

私にはまねできない……。

姪っ子に、こんな仕打ちをする運命を罵りたい。

どうして英子なんだ、なぜなんだ、不憫じゃないか。まだ十七歳だよ……」

本堂は、すすり泣く声に溢れた。

俺は泣くまいとして、唇をかんだ。

圭子を見やると、ハンカチを目に当てている。俊宏は目を泣き腫らしていた。

光雄は、俊宏のワイシャツの袖を軽く引いて、自分のハンカチをそっと渡した。

16

告別式の後、俺達は扇風機と座卓のある俊宏の部屋に集まった。

俊宏は扇風機を最強に回し、座卓の上に並べたコップに麦茶を注ぐ。

光雄は、俊宏が麦茶を注ぎ終わるのを待ってから言った。

「俊宏、英子が元気なうちに、仙台まで見舞いに行けて、本当に良かったなぁ。

なあ、その時の様子を、俺達に聞かせてくれよ」

告別式の時よりも気持ちが落ちついた俊宏は、麦茶をごくりと飲んでから、ぽつりぽつりと話し始めた。


英子の病室のドアをノックし、ドアを少し押し開けてみた。

ベッドの端が見えた。

すると、病室の中から思っていたよりも明るい英子の声がした。

「俊ちゃんでしょ。お見舞いに来てくれたのね。中に入って構わないわよ」

「こんにちは。お邪魔します。あれ、お母さんはどこにいるの」

「母はいないわよ。俊ちゃんが来るのを分かっていたから遠慮したみたいよ。そこの椅子に座ってくれる。私、ベッドからお話しするわね」

「ああ、全然構わないよ。お母さんに予め病室とか道順とか教えてもらっていたから、今日、俺が来ることを分かっていたのかぁ。

　そうそう、花を持って来たけど、どこに飾ろうか」

「ありがとう。母は、俊ちゃんがお花を持って来てくれるはずだから、花瓶を用意しておくねと言っていたけど、どこにあるかしら。それから、その食器棚にカステラとかがあるはずなの。自由に食べてね。私、お構いできなくてごめんなさい」

「そんなことは心配しなくていいよ。花瓶は窓際にあるこれだろう。カーテンに隠れていたよ。水は洗面台から汲むね。

　やっぱり、花瓶が置いてあった窓際に、花がある方がいいよね」

「そのお花は、俊ちゃんが選んだの」

「いや、地元の花屋で、大島と鈴木とで相談して買ったんだよ。

あの二人は、いま期末試験の勉強で忙しいらしい。俺を駅まで見送ってくれたよ。来ればいいのにさ、よろしくと言っていた」

「俊ちゃんも期末試験があるでしょうに」

「俺は、試験勉強はしない。試験は分かるところだけ、答えを書けばいいんだよ」

「俊ちゃんらしいわね。でも、勉強すればもっと分かるところが増えてくるのに残念ね。大島さんや鈴木さんは、元気でいるのかしら」

「ああ、いつも二人で登校している。二人とも佐藤圭子に憧れていたけど、片想いに終わったと言っていた。それでさ、俺を含めた片想い同士で、いつか酒を飲みながら想い出話をしようということになったんだ」

「そうなの」

「関高生は真面目だからさ、二年先の約束をさせられたよ。俺なんか、毎日のように親父と晩酌をしているのに笑ってしまうよ。酒の飲める二十歳まで待ってくれということだよ。それに、大島は俺に意見までしてさ」

「俊ちゃんは誰に片想いだったの」

「知ってるくせに、俺に訊くなよ」

「その片想いの会に、私も入れてもらえるかしら。私が好きだった子も、圭子ちゃんに想いを寄せていたの。圭子ちゃんは私よりも可愛いし、優しいからね。仕方がないわね」

「片想いの会にならば、英子ちゃんは大歓迎だよ。でも、英子ちゃんが片想いだったとは信じられないな。モテモテの女の子と思ってた」

「ううん、そんなことはないの。圭子ちゃんが、お見舞いに来てくれた時だけど、『初恋は成就するのか、しないのか』のおしゃべりをしたことがあるのよ。

圭子ちゃんは期待を込めて『成就する』、私はこれまでの成り行きから『成就しない』にしたの。スポーツが苦手だしね」

「英子ちゃん、そんなことで自信を失うなよ。勉強を頑張ってるだろう。

俺なんか、勉強が苦手だからさ、女の子から一度も好きだと言われたことがないよ。でも、それで腐ったことなんかないぞ」

「あら、私、励まされているのね」

英子は、ちっちゃい頃と同じように俊宏から元気付けられ、気持ちが和んだ。

俊宏は、英子の好きだったという相手はあいつかなという考えが、脳裏をかすめたが分からない振りをして尋ねた。

「それで、誰なの。英子ちゃんの片想いの相手は」

「それは、俊ちゃんでも教えられないわ。

それよりも、ちっちゃい頃のこと覚えているかしら。近所同士だったから、お互いの家を行ったり来たりしたわね。

大島さんの家にも行ったわね。もう亡くなったけど、優しいおばあちゃんがいたのよ。私、可愛がってもらったの」

「ああ、ちっちゃい頃がなつかしいねぇ」

「それと、俊ちゃんの家で食べたすき焼き鍋、美味しかったぁ。牛肉がいっぱいだったもの。俊ちゃんが『もっと食べろ。もっと食べろ』と勧めてくれたのよ」

「そうだったかなぁ」

「俊ちゃん、あの頃、私のことを好きだったんでしょう。

でも私、別に好きな子がいたのよね。片想いだったけど……。

それに私、体の大きい人が苦手だったから、俊ちゃんには素っ気なくしていたわ。ごめんなさい。

今は、体型などで判断しないわ。病気してから、心の温かさが分かるようになったのよ」

「どんなことなの」

「私には耳障りな言葉でも、その人の立場になれば、優しい気持ちから言ってくれたんだろうと思えるようになったの」

「英子ちゃんは、いつでも偉いね」

「俊ちゃんだって、いつも私に優しくしてくれたわ」

「そんな昔のことなんか忘れたよ。

それよりもさ、早く病気を治してくれよ。俺の家は肉屋だから、いくらでも牛肉食べさせてあげるよ」

「ねぇ、俊ちゃん。今の私のことは、どう思っているの。髪に艶はないし、顔色は悪い。鏡を見ていて気付いたのよ、痩せてひどい顔になってるって。俊ちゃん、正直に答えてくれる」

「そんなことないよ。ちっちゃい頃の英子ちゃんよりも、何倍も何倍もきれいだよ。

俺は、英子ちゃんがずっと好きだった。知ってるくせに……。

大島がさ、その想いを伝えてこいとお節介なことを言うから、思い切ってここに来たんだよ。

俺は、病気見舞いに来たわけじゃない。

告白に来た。

英子ちゃんから、何を言われようと構わない。どんな結果になろうとも構わない。もともと片想いと分かっていたからさ」

「……そうだったの」

俊宏は想いの丈を打ち明けた。自分はこれで満足だ。もう、病室を出ようと思った。

「俺、そろそろ帰るよ」

「待って、俊ちゃん。今日は、ありがとう。

私のことを、そんなに大事に想っていてくれて嬉しいわ。

大島さんの俊ちゃんへの意見って、このことなのね……。

私も正直に言うわ。いま大事な人は俊ちゃんよ」

「えっ……」

「俊ちゃん、お願い。手を握ってくれる。お母さんにも圭子ちゃんにも握ってもらっているのよ。みんなの手は優しくて温かい。安心できるの」

俊宏は英子の手をそうっと握った。

「私ね、死ぬことは恐れていないわよ。ただ、死後の世界が何もない漆黒の闇だったら嫌だわ。そこはね、上も下もない。前後左右も分からない。真っ暗な空間で、沈黙の世界なの。そこに漂って、独りぼっちでいるのよ。死後の世界がもしそうなら、阿鼻叫喚の地獄の方が、人がたくさんいるからまだいいわ。誰もいない暗闇の世界では、耐えられないほど寂しくて嫌だわ。でも、そんな世界でも、この世で私の手を握ってくれた人の存在を感じられたら、心強くなれると思うの」

「お願いだから、死後の世界とか、そんな縁起の悪いことは言わないでくれよ。退院したら、俺が毎日こうやって優しく手を握ってやるよ。独りぼっちには絶対にさせないよ。片想いの会もすぐにやろう。

だから、早く大町商店街に戻って来いよ」

「分かったわ。でも私、俊ちゃんに何もしてあげられないわ」

「いてもらえるだけでいい。傍にいてくれるだけでいい。俺は片時も離れないよ」

「優しいのね……。

ごめんなさい。ちょっと疲れたみたい。横にならせて」

俊宏は椅子から立ち上がった。

握った手はそのままに、空いている手で英子の背中を支え、ゆっくりとベッドに英子の身体を横たえた。

握られた手は、どちらも離そうとしない。英子の顔が間近にあった。英子は俊宏の目を逸らさずに見つめている。俊宏はどぎまぎした。やがて、英子は瞳を閉じた。

「俊宏、良かったな。片想いじゃなくて。ちゃんと、お前の想いを英子は受け止めてくれたじゃないか」

光雄は、俊宏の肩を優しく叩いた。

「俺さ、日曜日ごとに仙台に行くつもりだった。夏休みに入ったら、お前達だって暇な日もあるだろうから、三人で行くと約束をしていたんだ。

それなのに、英子はいなくなってしまった」

目を腫らした俊宏はうめいた。

「英子は、よっぽど俺達に顔を見せるのが嫌だったのかな。

でも、英子をわれわれ片想いの会の名誉会員、いや名誉会長にしよう。

亡くなるのも一番先になった英子のことを忘れないためにもさ。浩一、いいだろう」

光雄は、俺に同意を求める。

「うん。もちろん、いいよ」

俺は光雄に頷いた。そして、前からの疑問を俊宏に問うた。

「どうして、俊宏は英子が本当の病名を知っていると思ったのか、教えてくれよ」

「夢だよ」

俊宏はボソッと言った。

「えっ、夢だって」

俺は聞き返した。

「明け方に夢を見た。今から思うと、それは英子ではなかったかもしれない。夢の内容も曖昧だよ。

だけど、『生きられないの』という声だけは鮮明に覚えている。

俺は、英子が病気のことを言っているのだと思ったんだ」

俊宏は、それは不思議なことだと感じた。夢を見たその日に、光雄が来て英子の見舞いの話を切り出したからだ。その偶然に体が震えたという。

「そうなのか。夢のお告げか、はたまた霊感なのか、説明はできないな。

それに、謎がもう一つ出てきたぞ。

英子の初恋の相手は誰だろう。

俊宏は除外されるけど、候補の同期生はいっぱいいる。小野寺、佐久間、伊藤に阿部、小岩もいるな。一番有力なのは浩一か」

「馬鹿を言え」と俺は即座に否定した。

「そうだな。絞りきれないから、これは第一回片想いの会のテーマにしよう。

それよりも、俊宏、英子とどこまで進んだんだ。正直に白状しろ」

そう言って光雄は、俊宏の太い首に腕をまわして締めつける。

「そんなこと、口が裂けても言えないだろ。英子を冒涜するな」

俊宏は大きな体を利用して、光雄を後ろ向きに倒そうとする。

俺は、光雄と俊宏のプロレスごっこを見ながら、こいつらはどんな時でもめげないんだと感心した。

もしかしたら、光雄は、俊宏がこれ以上気持ちが落ち込まないように悪ふざけを仕掛けたのかもしれない。光雄はそんな優しさを持っている。

力道山のファンだった俊宏は、プロレスごっこの最中は、一時でも、英子を失った悲しみを忘れてくれるかもしれない。

俺は、扇風機とコップの置かれた座卓を部屋の隅に寄せ、光雄と俊宏が動きまわり易いように部屋を広くした。

一方、菊池呉服店では、喪主夫婦とその親族が告別式と納骨のために願成寺に行っており、留守を預かる近所の人達がもち料理等の仕度に追われていた。

葬儀のように多くの人が集まる席では、人手が必要となり、近所の人が手伝うのである。

この地方では、人が亡くなると、まず茶毘に付し、日を置いて告別式と納骨を済ませ、その日に併せて『初七日』の法要を行うのが習わしとなっている。

そして、葬儀に限らず婚礼などでも、必ずと言っていいほど、もち料理が供される。もちは、この地方の最高のおもてなし料理なのだ。あんこ、ずんだ、生姜、くるみ、ごま、きなこ、納豆、そして雑煮など種類も豊富である。もちにからませる味に工夫を重ねてきたから、もち料理が『もち文化』と呼ばれるまでに昇華した。

菊池家でも、夕方五時には寺から戻って来る親族、親交の深い弔問客や僧侶に、もち料理を膳に供することにしている。

葬儀の後、ここで行う会食の用意を、近所の主婦達が手伝っていた。光雄の母親の真知子が、主婦達の中心になって、段取りよくテキパキと采配している。

真知子は、夫の光蔵には他の男性と一緒に力仕事である餅つきを頼んだ。

その餅つきの手伝いに、英子とも幼馴染であった正孝が、告別式の参列を取りやめて、呉服店に来てくれたので、真知子は「ありがとう、本当に助かるわ」と礼を述べた。

正孝は、餅つきの手伝いを終えると、仏間に置かれた祭壇の前で、故人に線香をあげてから辞去した。

それから、真知子は夫に客間のふすまを取り外させて広間をしつらえ、膳を並べてもらう。

席順はあらかじめ決めてあって、席札をその上に置いていく。

真知子は「あなた、箸やコップ、盃も並べて」と更に頼んだ。

そして、夫が持っていた席順名簿を見て、「さすが大店の貫禄だわ」とつぶやいた。

地元の名士がずらりと顔を揃えている。

この人達に、つきたてのもちを召し上がっていただくのが、菊池家の心づくしである。

真知子は他人事ではなく、粗相をしてはならないと気持ちを引き締めた。

台所に戻ると、酢の物や煮物の盛りつけが終わり、大盆に載せられていた。

そして、つきたてのもちが食べやすいように小さくちぎられ、あんこやずんだにまぶす作業に入っている。

ここは、もう人手は足りているので、真知子は、でき上がった料理を広間にした部屋に運び込むことにした。

　その配膳が終わるとまもなく、近所の後藤酒店に頼んでおいた地元の酒『関山（かんざん）』と『世嬉（せき）の一（いち）』が、冷えたビールなどと一緒に勝手口に届けられた。

　これで、準備が整った。手伝いの人達は、台所で早めの食事をする。五時になると、今度は給仕で忙しくなるからだ。

　時間を確かめると、四時二十分である。そろそろ、客が集まってくる時間だ。

　奥の仏間には夫にいてもらい、喪主が戻ってくるまで、ぽつぽつと訪れる弔問客の応対をしてもらおう。失礼がないようにしないといけない。夫には、部屋の片隅で喪服に着替えてもらった。

　ところが、真知子も割烹着を外して喪服姿になった途端、タクシーに分乗した喪主や親族らが次々に寺から戻ってきた。

　一気に慌ただしくなった。

17

　俺は、俊宏の家の帰り、大島荒物屋にも寄ることにした。

光雄が「部活で、正孝に用事があるからさ、先に俺んち家に行っててくれ。姉貴がいるはずだよ。夕飯も食べていけよ」と言ってくれたからだ。

俺は「ああ、分かった」と返事をした。

「正孝はさ、餅つきの手伝いの方に行ったんだけど、もう帰っているはずなんだ。それじゃあな、あいつの家に寄ってくる」

俺と光雄は、精肉店の前で一旦別れた。

高橋精肉店は、大町商店街通りのほぼ中間に位置する。ここを起点にして、北に向かって数分歩くと大島荒物屋に着く。菊池呉服店は反対方向の駅に向かって、やはり徒歩数分の場所にある。

大島荒物屋と菊池呉服店は、この土地の人なら誰でも知っている大町商店街の老舗である。その大島荒物屋では、今日は光雄の姉の久美子が、銀行を休んで店番をしているという。

俺は、荒物屋の店の中に入って行った。


「こんにちは。お邪魔します」

「あら、浩ちゃんじゃない。光雄と一緒じゃなかったの」

「ちょっと前まで一緒でした。じきに帰ってくるはずです。あさってからの焼石岳山行のことで、伊藤薬局の正孝のところに寄ってくると言ってました」

「そうなの。それで、英子ちゃんの告別式はどうだった」

「大勢の人が参列してましたね。親族代表のあいさつの時は、涙が出そうになるのを堪えてました」

「そうね。ちっちゃい頃は、一緒に遊んだ仲だものね。寂しくなってしまうわね。あのお店は、古くからあって地元との付き合いも深いし、たくさん人が集まるわね。議員さんとかもみえてたでしょう」

「はい。そうでした」

「父も母も、午前中からお葬式の手伝いに行ってるのよ。帰って来るのも遅くなるはずだから、夕ごはんは光雄と二人きりなの。良かったら食べていかない」

「はい。お姉さんの料理はおいしいから、ご馳走になります。そのつもりで来ました」

「あら、うれしい。腕によりをかけて作らなきゃね。高校三年になって、お世辞が上手になったわねぇ。光雄の部屋に上がって待っていてくれる。お茶を持っていってあげるから」

久美子は、魔法瓶から急須にお湯を注ごうとする。

「いや、お姉さんと話したいから、店の中にいてもいいですか。店番の手伝いもしますから」

「何かしら。きっと光雄の進学のことね。それじゃあ、そこの丸椅子に座ってくれる。お茶を淹れたから、どうぞ」

久美子は、傍の机に湯呑みを置いた。

「はい、いただきます。俺、大学に行くなら東大だよ、自由な雰囲気のある京大だよと、ここで光雄と言い合っていたガキの頃が懐かしいです。

その頃は大きいことを言っていて、今思うと恥ずかしいですけど、二人でどこかの大学には行けると思ってました」

「そうね、私も光雄を大学に行かせたいと思ったわ。でも、光雄が進学しないと決めたのよ。本人が選んだ道なの。親や私が強制したわけではないわ」

「そうですよね」

「光雄は、赤ん坊の時に洪水で流されそうになったのよ」

「光雄からも聞いたことがあります」

「そうなのね。それじゃあ、その時の様子は省くけど、運が悪ければ、その時に死んでいたわ。死んでしまったら、あれこれ指図することなんてできないんだから、父も母も光雄の将来は好きにさせるつもりだったの。

でも、進学はしないと言い張るのよね。

家業に縛り付ける気持ちなんかなかったのに、商売を継ぎたいと言うのよね。

それも光雄の自由な意志だからね、私も賛成することにしたわ」

「それでも、大学を卒業してからでもいいわけですよね」

「そうね、きっと母の影響があるのかな。母はね、洪水の時は神様が光雄を助けてくれたんだから、今度は自分が誰かの役に立ちたいと思ったそうよ。

　それからかな、人の世話をするようになったのは。……最初は私の小学校の時の世話役を引き受けてたけど、今ではありとあらゆる会合に顔を出すようになって、家族を巻き込んで忙しくしているわ。

　母を見て育って、光雄も早くこの街に恩返しをしたいと考えたのかもしれないわね」

「そうかぁ。おばさんは一生懸命になって地元に貢献してるからなぁ、手伝いたいと思いますよねぇ」

「浩ちゃん、いくら親友でも、いつかは別々の道を歩むことになるのよ。

　だから、光雄のことは構わないで、大学に進みなさい。大卒の経歴は、決して無駄にはならないわよ。

　光雄の方が、きっと大学に行かなかったことを後悔すると思うわ」

　久美子は、俺が不服そうな顔をしたのを見逃さなかった。

「光雄にも、同じことを言って欲しいという顔をしてるわね。さんざん詰(なじ)ったわよ。大学に入れるのにそれをしないのは怠慢だし、家業ならいつでも継げるのよって。

　でもね、母が今回は一浪したと思って、光雄の好きにさせなさいと言うの。

　だからね、光雄の進学のことはもういいの。光雄には好きにさせることにしたんだから」

　久美子は、この話を切り上げた。

店の中をのぞき込む人がいる。お客のようだ。久美子は「ちょっと、ごめんなさい」と言って、俺から離れていった。

久美子の応対する声が、店の奥まで聞こえてくる。

「いらっしゃいませ。——竹ざるをお求めですか。——こちらになります。——はい、毎度ありがとうございます」

久美子が戻ってきた。

「浩ちゃん、中座して悪かったわね」

「いえ、そんなことはないです」

「私ね、この店が光雄の代になったら、いろいろと変えて欲しいことがあるのよ」

「どんなふうにですか」

「まず、店の名前を変えたいし、改装もしたい。取り扱う商品もしゃれた物にしたいわね。東京の大学時代のお友だちがね、荒物屋という言葉を知らなかったのよ」

「本当ですか」

「籠やざる、箒にハタキなどの雑貨品を売る店なのよと教えてあげたら驚いてたわ。『生活用品を売る店なのね』と言われたの。

東京ではね、荒物屋という看板のお店は、どんどん無くなっているのよ。だからね、店の名前を『生活用品の大島』とかに変えたいなと思ってるの」

「俺は、店の入り口に掲げてある古くて大きな木彫りの大島荒物屋の看板が好きだけどなぁ」

「浩ちゃんは、意外と保守的なのね。

やっぱり、東京の大学に進みなさい。井の中の蛙にならないためにも。東京で数年生活するだけでも、視野が広くなるわよ。東京に行けば驚くことばかりよ。私が一番驚いたのはね、大町商店街よりも大きな場所が全部古本屋なのよ。すごいでしょう」

「ええっ、そんなとこ、あるんですか」

「そうなのよ。驚くでしょう。古本だけを売ってる街なのよ。神田神保町というところなんだけど。そこに行けば、たいていの本に巡り合えるし、稀少本も手に入るの。

それと、東京には国会図書館があるの。ここの図書館とは比べものにならない広さよ。全国から書籍が集まるの」

「そうですかぁ」

「私はね、東京の大学に行けて、本当に良かったと思ってるわ。結果的には地元の銀行にも就職できたしね。

今日は、父も母も忙しいから、休みをもらって店番の手伝いをしてるんだけどね。銀行の仕事、結構面白いわよ」

「だからかな、生き生きとしてますよねぇ」

「あら、それもお世辞かしら。

光雄から聞いたけど、浩ちゃんは何になりたいのか迷ってるって本当なの。そんなことは大学に合格してから、じっくり考えればいいことよ。浩ちゃんも大学に入れば、色んな道を見つけられるし、大きく開けてくるかもしれないわよ」

俺は、本当にそうなんだろうかと、半信半疑だった。

「勉強する目的があって、初めて大学に進むのではないのかなぁ」

「確かに、目的があるに越したことはないわよ。でもね、今は何になるか目標がなくても、進学したい気持ちがあるなら挑戦すべきよ。

大丈夫よ。まだ、将来を決められなくとも、必ず見つかるわよ」

「そうですかねぇ」

「そうよ。まず大学に入ることが、浩ちゃんが今やるべきことなのよ」

「そうかなぁ」と俺はまだ迷っている。

「浩ちゃん、そんなことで立ち止まっていたら駄目よ。前へ進もう。

私ね、この店を光雄が経営するようになったら、父親には言えなかったことを、光雄には注文つけるつもりなの。

その一つはね、商品のディスプレイを考え直して欲しいの」

「えっ、ディスプレイってなんですか」

「陳列の仕方のことよ。これまでは、仕入れた品物を漫然と並べて置いてるだけなのよ、それを変えるの。商品の陳列を提案型にするの。台所用品からキッチン用品へ。卓袱台からテーブルへ。

間違いなく、この街も生活スタイルは洋式化していくわ」

「そうですね」

「それを見越した商品を揃えるのよ。夢や憧れまでも展示するの。将来の暮らしを提案するの。光雄の店に来て買い物すれば、都会的なセンスのある生活を楽しめることになるのよ。いいでしょう」

「すごいアイデアですね。光雄は決断するかな。内装も変える必要がありますよね。改装費がかなりかかりそうだ」

「それは心配ないわ。うちの銀行が融資するわよ」

俺は、この店が光雄の代になって、しゃれた店になっていることを想像した。いいかもしれない。

久美子は、明るい通りに目をやっている。

「あら、噂をすれば影ね。光雄が正孝君を連れて帰ってきたわ」

テントを担いでいる正孝が「失礼します」と大声で店の中に入ってきた。

光雄もテントを背負って来て、店の奥の隅に置いた。正孝も同じ場所に置く。

「部室から、テント二張りを持ってきた。当日、ここからだと駅に近いから、学校から持ち出すよりも楽だろう。これで、登山の準備はできたよ。姉さん、正孝も夕ごはんを一緒に食べてもらっていいよな」

「もちろん、構わないわよ。みんな、ゆっくりしていってくれる。おいしい物を作ってあげるわよ。楽しみにしてて。

じゃあ、夕ごはんの支度に取りかかるから、光雄、店番を交替してくれる」

「うん、分かってる。店番するからさ、俺の好きなハンバーグをお願いするよ」

久美子は、光雄の夕ごはんの注文を聞いてから、いそいそと買い物に出かけた。

ハンバーグは、久美子が東京の学生暮らしで覚えてきた得意料理の一つになっている。

そして、俺達がハンバーグの味に初めて感嘆させられたのは、三年前、久美子が帰省してきた夏の日のことだ。

それを、今日また食べることができそうだ。

「俺達もさ、今夜は姉貴の料理で英子を賑やかに送ってやろうよ。

あいつ、俊宏の話だと、独りぼっちが嫌いだったからさ。

同窓生三人で、騒いで偲んでやろうよ」

18

その夜、光雄は中々寝つけなかった。神経が高ぶっているせいだ。

告別式があり、その後、俊宏から病室での英子の様子を聞いた。それから、浩一と正孝の同期の二人と姉とで彼女の思い出話に終始した。昂奮した心が静まってくれない。

英子も、俊宏と正孝も、大町商店街で生まれ育った。

浩一は、大町に隣接する上大槻街(かみおおつきこうじ)に住んでいたが、商店街に近いこともあって、物心がついたときには、一緒に遊んでいた。

圭子の家は東地主町(ひがしじしゅまち)にあり、大町商店街からは離れていたので、知り合ったのは幼稚園の時だ。

みんな、同じ幼稚園に入園していたのだ。

英子と圭子は、すぐに仲良くなった。

浩一は、五十人町に引っ越した後も、大町商店街に毎日のように遊びに来ていた。

しかし、その頃から徐々に男の子同士、女の子同士で遊ぶようになった。興味もスポーツと音楽とに分かれた。

光雄は、家の周りで遊ぶことは少なくなった。ローマ兵が剣と盾でガリアを遠征するような気持ちで、バットとグローブを持って商店街から河川敷や空き地などに出かけた。

今まで知らなかった子とも親しくなり、友だちの輪が次第に広がっていった。

自転車に乗れれば、それが馬にかわり騎兵にもなれた。そして、長駆と称して平泉町の中尊寺や毛越寺まで行ったりもした。

英子と圭子は、空想の世界では、いつも気高い王女だった。光雄と浩一は百人隊長だ。


遅くまで、英子の想い出を語り合っていたが、光雄は、突然思い出した幼い日の些細な事を、その場で明かすことはできなかった。

それは、祖母と英子のおしゃべりの一部を聞いてしまったことだ。

祖母は、光雄が小学校に入学するのを見届けるかのように亡くなったから、六歳頃のことだ。

英子は、その頃はおしゃまだった。


「わたしね、運動が下手なの。だからね、みんなと遊ぶ時は、何時もみそっかすなの。

縄跳びをしようとするでしょ。輪の中に入って跳べないの。ロープをね、足とかに引っかけて、すぐに終わっちゃうの。それでね、ロープを大きく回す役ばっかりやらされちゃうの。嫌になっちゃう」

「おや、そうなのかい。光雄は跳び方を教えてくれないのかい」

「うん。光雄ちゃんはにこにこしてるだけ。

だけど、俊ちゃんが教えてくれた。ロープが一番高い所に上がったら、輪の中に入ってポンと跳ぶんだよって。

でも、うまくいかなかったの」

「そうなのかい。残念だねぇ。でもねぇ、縄跳びができなくても、大丈夫だよ。

おばあちゃんは、すっかり足腰が弱くなっちゃって、歩くのが覚束ないよね。それでもね、クヨクヨしてないよ。英子ちゃんが、おしゃべりに来てくれるしねぇ。仲良しになってるしねぇ」

「わたしね、おばあちゃんが大好きだから、毎日来てあげる」

「そうかい、嬉しいねぇ。賢い子がね、立派な大人になれるんだよ。

英子ちゃんは賢いだろ。読み書き算盤のうまい子がね、商売上手になれるんだよ。

英子ちゃんは大人になって、商売するだろ。

商人(あきんど)はね、おつむで仕事をするんだよ。

運動が苦手でもね、大人になればね、そんなことは何でもないよ、安心していいんだよ」

「でも、光雄ちゃんのように運動も上手になりたい」

「そうかい、でもねぇ、英子ちゃんは勉強を頑張った方がいいんじゃないかい。

一人っ子だからね、お婿さんを迎えるだろ。その子に、商売の事を教えなきゃならないだろ」

「お婿さんはもらわないもん。お嫁に行くんだもん」

「あら、そうかい、そうかい。好きな子がいるんだね。誰だか教えてくれるかい」

「うーん、ちょっと恥ずかしいから、こっそり教えるね。……ちゃんなの」

「おや、そうなのかい。でも、英子ちゃんがお嫁さんに来たら、呉服店を継ぐ人がいなくなるねぇ」

「大丈夫だもん。二つのお店を一つのお店にするんだもん」

「二つのお店を一つにするのかい。あら、あら、そうだねぇ。そしたら、英子ちゃんは呉服店も継げるねぇ。英子ちゃんは賢いね。

一つの所で、何でも買えるお店のこと、なんて言ったっけ」

「デパート」

「そう、そう、デパート。そんなお店にするんだね。それまで長生きしたいねぇ」

「すぐよ。その子がね、うんと言ってくれればね、お嫁さんになってあげるんだから」

「そうなのかい。英子ちゃんには敵わないねぇ」

光雄は祖母の部屋の前を通り過ぎようとして、二人のおしゃべりに気付き、立ち聞きしたのだ。

その頃の英子は、祖母とは男の子のことも気軽に話していた。

でも、俊宏には好きだった子の名前を明かさずに死んでいった。

やっぱり、光雄はずっと黙っていようと思った。英子の気持ちを思えば、俊宏にも、誰にも話さず、俺の心の中に大切にしまい込んでおくのが一番いい。

光雄は、寝床の中でそう判断した。

長針と短針が蛍光塗料で光る目覚まし時計を見ると、深夜の二時になろうとしていた。

浩一と正孝は、まだ受験勉強してる時間だなと思っているうちに、今度は眠りに就くことができた。

19

光雄が眠れずにいた時分、英子の母の里子もまだ起きていた。

里子は、こっそり娘の部屋に入ってみた。

夫と親族は弔問客の応対に疲れ果て、別々の部屋で既に床に就いている。

里子も、くたくたで目に隈ができてはいたが、眠れそうになかった。

娘の気配の感じられるところに、ずっといたかった。仏間ではなく、娘の部屋にいたいと思った。

葬儀は済ませたが、これで娘との最後の別れにはしたくなかった。

灯りをつけてみると、娘のいなくなった部屋は、だだっ広く感じられ空虚さが漂う。

掛け時計が無味乾燥な時を刻みつけている。

真夜中の一時五十八分になった。

里子は、生きる張り合いを失い、机の前の椅子に座り込んだ。

何カ月か前までは、娘はこの机で勉強していたのだ。それを思うと切ない。

机の上には、関高の入学式の時に友だちの圭子と並んで撮った写真が飾られている。

里子は、それを見ながら、病室での娘との会話を思い返していた。


「圭子ちゃんは、何度もお見舞いに来てくれたわ」

「圭子ちゃんと何を話し合ったの」

「進学のこととか、初恋や結婚の話」

「結婚の話は、まだ早いと思うけど、英子も元気になれば、いっぱい恋ができるからね。早く病気を治そうね」

「お母さん。私ね、自分の病気のこと分かっているの……」

里子は「えっ、なぁに」と言ったきり、次の言葉が続かなかった。

英子は、やっぱり本当のことを知っている。

「お母さん、急に黙り込んでどうしたの。私の病気はたいしたことないんでしょ。大丈夫よ。私、気力でもって病気を退散させてみせるわ」

里子は「そうね」と答えながら、娘の気持ちを推し測った。

英子は、親に負担をかけまいとして、わざと元気な振りをしている。深刻にならないように冗談にして、私を元気付けている。

「圭子ちゃんのお母さんはね、女手一つで二人の娘を育てているのよ。そして、いずれはお嫁に出しちゃうのよ。

お母さんには、お父さんがいるんだから頑張らないと駄目よ。私が、今にお嫁に行って、いなくなっても元気でいてよ」

英子は、自分の運命を分かっている。

例え話にして、運命を受け入れた後の私のことを案じてくれているのだと思った。

里子は急に立ち上がり、娘が身につけていた物を探した。洋服ダンスの中から、紺色の関高の制服を見つけて取り出した。

里子はそれを抱きしめた。娘が元気だった頃の匂いが微かにした。

もう、娘の匂いさえも、この制服でしか確かめることができない。

若くしてあの世に旅立ったことが哀れで、「去りてなお　行く末案ずる　この想い　吾が子に届ける　すべがあらば」と、母親としての悲しみが三十一文字(みそひと)となって口を衝いて出た。

そして、誰憚ることなくさめざめと泣きながら、畳の上に崩れた。

「今夜だけは泣かせて……。

英子、あしたからは頑張ると約束するから、今だけは泣かせて」

夫の憲太郎は、里子が娘の部屋で泣いていることに気付き、目が覚めた。

里子は、先程まで涙一つ見せず、弔問客のあいさつに応じ、親族の寝具を整える世話をしていた。

英子が亡くなってから一週間、慌ただしく時が過ぎた。

やっと、母親として娘を悼むことのできる時間を持てたのだ。きっと、一晩中娘の部屋にいるつもりだろう。この寝室には戻って来ない気がした。

憲太郎は、せめて今夜だけでも里子の好きにさせてやろうと思った。夏だから、風邪をひくようなことはないはずだ。

それが今、憲太郎が妻にしてやれる唯一のことだった。

20

八月七日は、急に暑さが和らぎ、過ごしやすかった。

空には羊雲が浮かび、秋の気配すら感じられる。

光雄が、俺の家を訪ねてきた。

焼石岳山行から帰ってきた光雄の顔は、真っ黒に日焼けして、たくましく見える。

久し振りの訪問に、飼い犬のケンタは嬉しそうに光雄にじゃれついた。

「ケンタは元気だなぁ。もう十歳なのに」と光雄は顔をほころばせ、はしゃぎまわる犬の背中をさすってやった。

俺はケンタに「褒められたなぁ。人間なら何歳になるんだぁ。夕方、散歩に連れてってやるからな」と言い、それから光雄を俺の部屋に誘った。

「二階に上がれよ。焼石岳はどうだった」

光雄は階段を上がりながら、俺に山登りのことではなく、圭子のことを話し始めた。

「それよりも、圭子の情報を持ってきた」

光雄は部屋に入り、どっかりと胡座(あぐら)をかいた。

俺の部屋は、二階にある六畳間で北と東に窓がある。今は窓を大きく開けていて、時折入る風が気持ちいい。

「お袋情報だけど、圭子は縁談を断って、実践女子短大の受験を決めたそうだ。どう思う」

俺は、いろいろ推測してみる。

「ゲーリー・クーパーとの縁談を完全に断ったのなら、大学受験は国立大を狙うはずだ。短大を受験するのは、単なる経済的な事情だけではないような気がするな」

「それで」と光雄は先を促す。

「圭子は、やっぱりゲーリー・クーパーが好きだったんだ。かといって、学費援助とセットされた縁談を受け入れては、一生負い目を感じてしまう。そんな幸せはあまりにも虫が良すぎる。圭子には、経済的事情のほかに、短大を希望する別の理由があったはずだよ」

「そうだな」と光雄は相づちを打った。

「ゲーリー・クーパーの父親に、学費援助とセットされた縁談を断ったにしても、本人とは会っているはずだ。会って、きっと何か約束をしたはずだよ」

光雄も推測する。

「圭子はゲーリー・クーパーの気持ちを確かめた。確かめたうえで、短大の進学を決めたんだ。いずれ二人は結婚するということか」

「きっと、そうだよ」

「でも、短大がたくさんある中で、どうして実践女子短大になるんだろう」

俺は、光雄のその疑問に答える。

「建学の精神だと思うよ。実践は、下田歌子が創設した学校だ。下田歌子は『社会を変えるのは女性である。そのためには女性が変わらなくてはならない』と説いた人だ。

圭子は、そんな建学の精神を肌で感じたかったのだろう。そして、圭子自身も実践していくのではないかな。圭子らしい選択だと思うよ」

光雄は、納得した。

「亡くなった菊池英子といい、佐藤圭子といい、同期の女どもはたいしたもんだ」


実際に、圭子はゲーリー・クーパーの英昭と会っていた。

それは、夏休みに入って間もなくのことだった。


圭子は藤原病院に電話をした。

英昭とは、すぐに電話が通じた。

「佐藤圭子と申しますが、英昭さんでいらっしゃいますか」

「ああ、圭子ちゃん。ご無沙汰してます」

「お忙しいところ、電話をしたりして申し訳ありません。今、大丈夫でしょうか」

「全然、構わないよ」

「実は、どうしても直にお話ししたいことがありまして、お時間をつくって頂けないでしょうか。

都合のよい日を教えて頂ければ、私の方から、そちらにお伺いしたいと思います」

「圭子ちゃん、そんな他人行儀の話し方でなくてもいいのに。圭子ちゃんさえ良ければ、今日がいいけど、どうだろう」

「はい、分かりました」

「それじゃあ、僕の方が圭子ちゃんに会いに行くから、こっちに来てもらう必要はないよ。一時間後には駅に着けるから、駅で待っていてくれますか。

父が、圭子ちゃんに無理難題を持ち込んだことも謝りたいから、こちらから行きます」

一時間後、英昭と圭子は駅の待合室で落ち合った。

圭子は関高の制服ではなかった。

つば広の帽子を被り、涼しげな水色のワンピースに白のサンダルを履いていた。

英昭は、その姿に目を見張った。

「圭子ちゃん、久しぶりです。父と一緒に、新年のあいさつに伺った時以来だから、七カ月振りだろうか。すっかり、大人っぽくなっていてびっくりしたよ」

「そんなことないです。お忙しいのに、無理なお願いをしてすみませんでした」

「こちらこそ、急に今日に決めてしまって悪かったね。どこで、話そうか。そこの喫茶店にしようか」

駅前の喫茶店は冷房が効いていて、夏の盛り、急いで出てきた英昭は一息つけた。

注文を取りにきたウェイトレスに、コーヒーを二つ頼んだ。

ぎこちなく会話が始まった。

「お母さんも妹さんもお元気ですか」

「はい、お陰さまで元気でいます」

「圭子ちゃん、受験勉強の方は順調に進んでいるの」

「いいえ、勉強に手がつかない状態が何週間も続いたんです」

「父のことでは、圭子ちゃんをすっかり困らせてしまったね」

「そんなことはないです。むしろ、別の意味で勉強させられたと思っています。

七月に友だちが亡くなり、色んなことを考えさせられました。そういうことがあって、自分の人生に真剣に向き合うことができたんです。

受験勉強よりも、大切なことを学びました」

「僕の方から、早く連絡を取るべきだったのに、今日まですみませんでした。

それに、友だちを亡くしたことは、本当に残念だと思います」

この時、ウェイトレスがコーヒーを丸い盆にのせて運んできたので、二人の会話が中断した。

ウェイトレスは、丁寧にコーヒーを二人の前に置き、テーブルから離れたが、気まずい沈黙が二人の間を支配してしまった。

「……」

「……」

互いにコーヒーをひとくち、ふたくち飲んで、話し出すタイミングを見つけようとするが中々うまくいかない。

「……」

「……」

店内に流れているザ・ビートルズの『イエスタデイ』が、妙に大きく聞こえてくる。

圭子は、話し出すのをためらって俯いてしまう。

英昭は、気詰まりな雰囲気を何とかしようと、自らを叱咤し言葉を発した。

「今回の件では、圭子ちゃんだけではなく、ご家族の方にもご迷惑をおかけしました。父が、不躾な申し出をしたことをお詫びします」

圭子は顔をあげ、すぐに答えた。

「もう、それはいいんです。亡くなった友だちは、自分にとって大事な人は誰なのか、それだけを考えなさいと言ってくれました。それ以外は枝葉の問題なのよと教えてくれました。

私にとって、もう家庭の事情とか大学入試とかは、枝葉の問題なんです。学費の援助は関係ないんです」

「父の話は断るのですね」

「はい、お断りします……。英昭さんの気持ちが分からないままでは、お受けできないんです」

「僕の話を聞いてくれますか」

「はい」

「圭子ちゃんの亡くなったお父さんと僕の父は、関高の前身、旧制中学の同窓生でした。当時の圭子ちゃんのお父さんは、柔道部の主将をやっていて親分肌だったらしい。父は一つ先輩だったけれど、頭が上がらなかったと言ってます。先輩部員からも一目置かれる存在だったようです。

そして、あんなに頑健だったのに、自分より先に亡くなったことを、父はいつも嘆いています」

圭子は頷いて聞いていた。

「また、圭子ちゃんのお父さんとの約束も果たしたいとも言ってます。

圭子ちゃんも聞いてるかもしれませんね。

圭子ちゃんの生まれる前に、当時の柔道部仲間が集まって、面白半分に約束したことです。

馬鹿げたことです。

それでも、男と男の約束だそうです……。

それは、僕達の将来に関わることでした」

「はい、母から聞いたことがあります」

「どんな内容の約束であれ、一旦約束した以上は、それを実行する、守ることが男のロマンだったのでしょう。

でも、僕はこんな親同士の約束なんかに縛られるつもりはありません。親同士が決めることではなく、本人同士が決めるべきことです」

「そうですね」と圭子は賛成し、次に続く言葉を待った。

「僕が父より先に、圭子ちゃんに話すべきでした。

僕は、のんびり構えていました。圭子ちゃんが二十歳すぎてからでもいいと思ってました。

……せめて、圭子ちゃんが高校を卒業してからでもいいと考えてました」

英昭は、真剣な表情で圭子を見つめた。

「父が圭子ちゃんに会いに行ったことは知ってましたが、何を話したかは後で知り、愕然としました。受験勉強の大切な時期に、父はなんと失礼なことを言ったんだろうと、呆れ果ててしまいました。婚約を急くあまり、学費援助を持ち出すなんて、あまりにも情けない」

「そんなことは、気にしてません。過ぎたことです」

「僕は、何度か圭子ちゃんの家に電話しようとしました。

僕達は、許婚でも何でもないのだから気にしなくていいよ。圭子ちゃんの気持ちが大事なんだよと話すつもりでした。

でも、それは僕が優位に立った言い方のようで躊躇いました」

「そうだったんですね」

「僕の気持ちを伝えないままで、圭子ちゃんに決断を強いるものでした。それに、父が学費援助の話をしたために、何か不純な動機が入ってしまったんです。

僕は、話しづらくなりました」

「英昭さんも、真剣に考えてくれてたんですね」

「でも今日、圭子ちゃんと駅で会った瞬間、父の焦る気持ちがようやく分かりました。

圭子ちゃんはきれいになってました」

圭子は思いがけない言葉に驚き、ぽっと頬を染めた。

「僕は、父がどうの、圭子ちゃんの気持ちはどうなのかよりも、やはり自分の気持ちを率直に打ち明けることの方が、今、一番大切だと分かりました」

英昭は、冷静になろうとした。

「これから先の話は、父も僕も通った、それに圭子ちゃんも通っている関高の見えるところで話したいんです。

関高を無性に見たくなりました。

勝手言ってすみません。外は暑いかもしれませんが、ここを出ましょう。本当は、いったん外に出て自分の気持ちを落ち着かせたいのです」

喫茶店を出た英昭と圭子は、大町、地主町を何も言わず、ゆっくりと歩いた。

英昭が関高に通っていた頃と変わらない街並みだった。

しかし、英昭にはどこか新鮮に感じられた。

やがて、磐井川の橋のたもとに着いた。

磐井川は、夏の日射しを受けてキラキラ光って流れている。

堤防を川沿いに北に進むと、右手に関高のグラウンドと校舎が見えてくる。グラウンドでは野球部員が練習をしていた。野球部は県大会で敗退したから、部員は来年の県大会の突破を目指して、すでに練習を開始しているのだ。

校舎は、白壁が光を反射して輝いて見える。

英昭は、堤防の草むらに無造作に腰を下ろした。圭子は自分のハンカチを広げ、並んで座った。

夏の陽光が、二人にさんさんと降り注ぐ。

英昭は意を決し、打ち明けた。

「さっきの話を続けるね。

僕の大事な人は、ずっと前から圭子ちゃんだよ。

だから、圭子ちゃんと鴛鴦（えんおう）の契りをしたいんだ。返事はいつまでも待っている」

圭子の顔は輝いた。

「私の返事は、とっくに決まっています。

英昭さんのお父さんからではなく、直接言っていただいて嬉しいです。

ただ、二十歳まで待ってください。短大だけは卒業したいんです」

圭子は身体を横に向けて、英昭の表情を確かめようとする。

そのとき、四つ葉の詰草を見つけた。圭子はそれを摘もうと手を伸ばした。

英昭は、圭子のその手を捉えて、強く握った。圭子も軽く握り返した。

圭子は、もう英昭の顔を確かめようとはしなかった。握られている手が、すべてを答えてくれていると感じた。

そして、英昭と圭子は夏の光の中に包まれていた。


圭子が英昭に会いに出掛け、妹の由美子（ゆみこ）も二階の自分の部屋に行き、一人になった母親の晴子（はるこ）は、仏壇の前に座り、線香をあげ手を合わせてから、夫の位牌に語りかけた。

「圭子は、英昭さんに会いに出掛けましたよ。

あなた、どんな結果になろうとも、圭子が決心したことを温かく見守ってくださいよ。

父親が何でも決めて、娘がそれに従う時代は終わったんですからね。『男と男の約束だ』と時代がかった言い方をしても駄目ですよ。私達の結婚だって、父親の言うことを聞いていたら一緒になれなかったんですよ。

私の父はね、あなたを最初に見た時に『あんな悪党面が書道家だって、顔と仕事が合ってないのは、きっと詐欺師に違いない。絶対に駄目だ。お前は、あの男に騙されている』とわけの分からないこと言ってたんですよ。

それを母が味方になってくれたり、あなたの柔道部仲間が応援してくれて、やっと結婚までこぎ着けたじゃあないですか。

父親の言うことに従って、幸せになったわけではないんですよ。

だからね、あなたが望んでいる結果にならなくても、しょうがないことですよ。

娘の人生は、娘に決めさせます。

圭子は、私達の場合とは丸っきり違いますけど、英昭さんと話し合って決めたことを、認めてやってくださいよ。

あら、……あなたは、もう何も話してはくれないんでしたね。私が一方的にしゃべるだけなのね。私が心細くても、相談相手にもなってくれないんでしたね。

あなたが、先にあの世に行ってしまったことが恨めしいですよ。亡くなったあなたに、こんなふうに相談しても詮無いことですね。

だからね、今回のことも、これからのことも、私と娘達で決めさせてもらいますよ。いいでしょう」

晴子は、置き時計を見やった。

圭子の帰りが遅くなっているのが気になった。出掛けてから二時間以上経っている。ちょっと心配になってくる。

由美子が部屋に入ってきた。

「お母さん、お姉ちゃんの帰りが遅いよね。まさか、英昭さんと言い合いになってないよね」

「そんなことはないとは思うけど、もし、英昭さんとのお付き合いが駄目になっても、由美子、お姉ちゃんを支えてやるのよ」

「はーい、分かってます。お姉ちゃんの帰りがやっぱり気になるから、玄関で待っているわね」と由美子は、すぐに部屋から出て行った。

由美子は、いつも落ち着きがない。

晴子は、圭子のことばかりではなく、由美子の先々（さきざき）のことも案じられて、思わず「はぁ」とため息をついた。

まもなく、由美子が玄関先から大きな声で呼んでいるのが聞こえてきた。

「お母さん、早く来て。お姉ちゃんが帰ってきた。英昭さんも一緒よ。いい感じよ」

晴子は「やっと帰ってきたのね」と言って立ち上がった。

21

光雄は、まだ浩一の部屋にいた。

座ったままで、何とはなしに窓の外を眺めていたが、急に思いついたように口を開いた。

「浩一、圭子のことはきれいさっぱり諦めろ。

圭子はゲーリー・クーパーと結ばれる」

「うん。圭子が幸せになってくれれば、それでいいよ」

「あれ、いつからそんな殊勝なことを言えるようになったんだ」

「俺だって、お前とか、英子や俊宏のことを見ていればさ、少しは大人になるよ。

それとさ、俺達は小学生の頃にゲーリー・クーパーと一度だけ会っていたんだよ」

「えっ、いつ頃だよ」

「みんなで磐井川に泳ぎに行った時のことだよ。俊宏も英子もいたと思う。高校生が付き添いで来てくれただろう。圭子が知り合いの人だと言っていた」

「ああ、思い出した。

そうだな、あの時のあの高校生がゲーリー・クーパーだったんだ」

「圭子の妹が川底の石に足を滑らして、水の中でバシャバシャともがいているのに、俺達は泳ぎに夢中になって、気付かなかっただろう。

だけど、ゲーリー・クーパーはすぐに助け上げ、事なきを得たよな」

「あの時は、俺達でさえゲーリー・クーパーを格好いい人だと思ったんだから、圭子だって好きになるのは当然だよ。妹が、何でもなかったことにホッとしてたよな」

「あの高校生なら、仕方がないな。俺だって諦められる」

「お前、本当に諦められるのか」

「ああ、ゲーリー・クーパーはさ、俺達以上に圭子と幼い頃からの繋がりがあるんだよ。それに、家族ぐるみで付き合ってきたんだ。昨日、今日に圭子が好きになったわけじゃあない。

俺達は、お前が言ったように、完全な片想いだったよ」

「そうだな。ゲーリー・クーパーの存在を知らずに圭子に夢中になっていたことを、いつか笑い話にしなくちゃな」

「うん。磐井川からの帰りにさ、自転車で通りかかったアイスキャンディー屋さんを呼び止めて、アイスを買ってくれたっけ。俺達は大はしゃぎしたよな。歩きながら食べたアイスは、最高にうまかったなぁ」

「そうだったな。俺達は、あの頃からゲーリー・クーパーに敵わなかったわけだ」

当時のことが、俺と光雄にはほろ苦く思い出された。

「話は変わるけど、安家洞での新入部員はどうだった」

「ああ、感動しっぱなしだったよ。懐中電灯に照らし出される洞内の石柱や石筍(せきじゅん)を見たら、幽玄の世界に浸れるんだ。帰りの汽車の中でも、もっとわくわくどきどきしたいと騒いでいて閉口したよ」

「安家洞は、一般の人にはあまり知られてないよな」

「うん。地質研究者や探検家、地元の人が知ってるくらいだ。未調査の鍾乳洞で、洞内の奥行きがどのくらいかも分からない。俺達は、せいぜい一キロメートルくらいしか進めない」

「でも、おもしろそうだな」

「いや、俺達は探検が目的ではなく、入り口近くの石柱などの調査で入ってるんだ。それに、観光目的の入洞は許されてないし、観光化もされてない」

「そうかぁ。お前に、一度、連れてってもらおうかと思ったけど、やっぱり駄目だな」

「俺達は顧問の先生の紹介で、一応は地質調査ということで、入洞させてもらっているんだよ」

「あの先生は若くはないけど、岩手県の地質研究者として有名だし、成果もあげている名物先生だ。ワンゲル部にも顧問の先生はいるけどさ、こちらは名物でなくて名目先生だよ」

「なんだぁ、洒落のつもりなのかよ。おもしろくもない語呂合わせだな。

ところでさ、俺は明日から夏期講習に参加するけど、お前はどうする」

「参加しないよ。だけど、お前の顔が見たくなったら、学校に顔を出してみるよ。講習は午前中で終わるんだったな」

「うん。午後は、部室にいるつもりだよ」

「それから、栗駒山だけど、旅館に一部屋空きがでたので、そこを確保しておいた。二十日だ。その日、大丈夫だよな」

「ああ、大丈夫だ」

「それと、これ、お土産。焼石岳の帰り、水沢駅の売店で買ってきた。南部ふうりん」

光雄は俺に小さな包みを寄こす。

「おっ、ありがとう。お前は、こういう工芸品とかが好きだな」

「まあな」

「前から不思議に思ってるんだけどさ、お前、いつも、もう一つ余分にお土産を買っているよな。今回もそうなんだろう」

「えっ」

「俺以外の誰かに渡そうと思って買ってくるんだろうけど、いつも渡せてないよな。……もう、渡せないんだろう」

「いや、それは違うぞ。買い物する時の俺の癖だよ」

「ふーん、そうなのか」と俺は納得した振りをした。

光雄は、もっともらしく取り繕っているが、きっと、あの部屋にあった民芸品の中に加えてもらいたかったのだろうと思う。
「お前、そんなことを詮索するよりも、受験勉強に集中しろよ。
それじゃあな、俺はこれで失礼するわ」

光雄が立ち去った後、俺は部屋でぼんやりとしていた。
光雄に言われなくても、受験勉強に集中しなければならないことは分かっている。
しかし、英子は亡くなった。
俺の周りで起こる変化について、嫌でも考えてしまう。
圭子は、いずれゲーリー・クーパーと結婚するだろう。
光雄と俊宏はこの街で家業を継ぐという。
正孝には判事になる目標があり、後輩の裕子にも教師になりたいという夢がある。
俺だけが取り残された。不安と焦りが頭をもたげる。
俺は不安を拭い払うかのように、応援歌の一つを口ずさんだ。

仰ぐ青空せせらぐ磐井
天日の下いざ闘わん
闘魂いぶき今我にあり

威力を示すは此の時ぞ
いざ闘わん打てよ砕けよ
関高、関高、関高
叫べよ高くその覇者の名を

22

八月二十日は、朝からすっきりとした青空であった。光雄に言わせると、湿気が少ない分登山に向いた天気だそうだ。

駅前の須川温泉行きのバス停に、五人は発車時刻の二十分前に集まった。

五人とは、俺と光雄、一年生部員の裕子と幸子、それに熊谷秀夫だ。

当初は、俺と光雄の二人で栗駒山に登るはずだった。

五人になった経緯は、八月八日の地学部室での出来事にある。

一年生部員四人が、安家洞の資料整理や文化祭への展示品を作成している部室に、光雄が現れた。

「あれ、鈴木はいないの。あいつは今日から夏期講習が始まって、午前中で終わっているはずだから、午後は部室にいると思って来たんだけどな」

幸子が怪訝そうな顔をする。

「まだみえてませんが、大島先輩は鈴木先輩に用事があるのですか。鈴木先輩がみえたら伝えておきますけど」

光雄はうっかりしゃべってしまった。

「うん。あいつと二十日に栗駒山に登るんだけど、具体的な打ち合わせをしておこうと思ってさ」

幸子は栗駒山の登山に興味を持った。

「大島先輩は、また山に登るのですか。いいな。私達も連れていってくれませんか」

裕子は不満たらたらだ。

「鈴木先輩は受験勉強で忙しいみたいなことを言っていたのに、私達に隠れて出かけるなんてずるいわ」

光雄と女子部員とのやりとりを聞いていた熊谷秀夫も、登山に加わりたい気持ちを率直に口にした。

「先輩、栗駒山って、岩手県側からの呼び名が須川岳のことですか。市内の山目（やまのめ）に住んでるけど、まだ地元の須川岳に登ったことがないです。僕も一緒に行きたいな」

光雄は思わぬ展開に慌てた。

そして、もうひとりの部員は、どう思っているのか尋ねた。

「あんたは、どうなの」

もうひとりは、阿部健一といった。

「僕は予定が重なってなければ、山登りに加わりたいところです。でも、その日は家族全員で花巻温泉に行くんです。妹や弟が楽しみにしてるんです」

裕子と幸子はうらやましがる。

「阿部さんが花巻温泉なのに、私達はどこにも行けないなんてつまらないわ」

「そうよ。大島先輩、私達も連れていってください。それに、せっかく買った運動靴をもっと使いたいんです」

光雄は困ってしまった。

「この時期は旅館がとても混んでいて、もう一部屋とれるかどうか分からないんだよ。まさか、俺達と相部屋というわけにはいかないだろう」

裕子と幸子は、口を揃えて異を唱えた。

「私達なら平気です。そんなことは気にしません」

「もし、そんなに気になるなら、私達が部屋に鍵をかけて休みますから、先輩達と熊谷さんが廊下に布団を敷いて寝てください」

光雄はここまで言われると、追加の部屋を取れるかどうか、旅館に交渉してみるしかなかった。

光雄は、一階事務室の窓口脇にある公衆電話のところに行った。

俺が、その日の夏期講習を終え、ラーメン屋で食事をしてから部室に顔を出した時は、光雄と後輩達のこんなやりとりが終わった後だった。

部室に入るや、裕子と幸子から集中攻撃を浴びた。

「大島先輩から聞きましたけれど、内緒で山に出かけようとするなんてあんまりだわ」

「私達には資料作成だけをさせておいて、絶対にずるいと思う」

俺が、いくら部活動ではなく、個人的な山行だと言っても無駄だった。

こうなると、昼飯を食べに行ったついでに買ってきた水ようかんで、まずは裕子と幸子のご機嫌をとるしかなかった。

「これ買ってきたからさ、冷やっこいうちに、みんなで食べよう。大島が戻ったらさ、また話し合おう」

「あら、先輩。差し入れ、ありがとうございます。でも、これで先輩達だけの登山を許したわけじゃないですからね」

「そうよね。だけど、これ、冷やっこくて美味しいわ。どこで買ったんですか」

「そこの地主町の和菓子屋さんだよ」

「ああ、あのお店ですね。私も、家に買っていこうかな」と幸子は家族にも食べさせたい様子だ。

秀夫も健一も「いただきます。うまいです」と言ってくれる。

後輩達は、舌鋒（ぜっぽう）を少し収めたようだ。

光雄が部室に戻ってきた。そして、もう一部屋取れたことをみんなに伝えた。

裕子と幸子は大喜びだ。秀夫もうれしそうだ。俺は、場合によってはテントを一張り持っていくことになりそうかなと考えていたので、旅館の部屋が確保されて安堵した。

こんなことがあって、五人で栗駒山に登ることになったのだ。

光雄は、駅のバス停の前で今日の栗駒山登山について説明する。

「バスで一時間四十分ほど乗れば、須川温泉に着きます。到着時刻は十時半頃になるかな。旅館に余分な荷物を預けて、十一時には登山を開始します。一日の中で、一番暑い時間帯に行動するけれど、須川温泉から頂上までは二時間で登れます。

難しいコースではありません。休憩も充分に取り、ゆっくり登りますから、初めての登山でも大丈夫です。

余裕を持って、夕方の五時までに須川温泉へ戻ってきます」

一年生部員が「分かりました」と応じた。

「それでは、各自の荷物を確認するね。

防寒具、雨具、非常食は忘れてないよね。

忘れた人は、須川温泉で留まってもらいますよ。山は、天気が急変することがあって、備えが不十分だと、登山中に危険な目に遭うことになるんです。留まってもらうのは、本人の安全のためです。

共同の荷物は、須川温泉に着いたら分担するよ」

いつの間にか、乗客が長い列をつくっているバス停に、須川温泉行きのバスがやって来た。

「バスが来たので乗りますよ。

俺達は終点までだから、後ろの席に行きましょう。

このバスは途中から乗ってくる人もいるので、後ろから詰めて乗りますよ」

光雄の指示に従い、俺達は一番奥の席に座ることにした。リュックは、後部の荷台に振動で崩れないように丁寧に重ねて載せた。

バスはすぐに満席になった。立っている乗客のために補助イスが下ろされ、後ろから順番に詰めて座っていった。

運転手は、全員が座れたことを確認して発車した。

気持ちのいい天気のせいか、俺達はバスの中で話が弾んだ。

まず、裕子が光雄に話しかける。

「お天気が最高ですね。私、晴れ女なんです。いつも、出かける時は晴れるわ。大島先輩、無理をお願いしました。ありがとうございます」

「何もしてないよ。それよりも、地学部の先輩と後輩の分け隔てない雰囲気が好きだな」

「それはもう、部長の鈴木先輩の人柄です」

俺はわざと憤慨して見せる。

「よく言うよ。登山できるかどうか分からない時は、くそみそにけなしていたのにさ」

「あの時は、先輩達だけで山に行くというから、私達は口惜しかったのです。ねぇ、そうよね。熊谷さん」

「そうですね、先輩とご一緒できて最高です。僕はこのクラブに入って良かったと思ってます。先輩はいい人だし、女の人と山に登るのは初めてです」

俺は秀夫に答えた。

「俺だってそうだよ。女子部員が入部したのは、今年からだからさ。本当に楽しいよ」

「それじゃあ、私達女性を大事にしてもらいたいわ。クラブの雰囲気を明るくしているのは私達でしょう。私達を仲間外れにして、こっそり出かけようとするのは金輪際駄目です。そうよね、幸子」

「先輩、そうですよ。私も晴れ女ですから、先輩達が出かけようとする時には、必ず天気にしてあげられるんです。本当ですからね」

「えっ、そんなこと、絶対にあり得ない」と光雄が素っ頓狂な声を出し、秀夫は思わず吹き出した。

バスは、途中の停留所では降りる人も乗る人もなく、快調に飛ばしてゆく。

どうやら、乗客全員が終点の須川温泉まで行くようだ。

「あら、幸子、外を見て。ここ厳美渓(げんびけい)じゃない。四月に歓迎会してもらったところよね。須川温泉へ行く途中にあるのね。知らなかったわ」

「そうよ、厳美渓よ。郭公(かっこう)団子といったかしら。川向こうの団子屋さんから、お団子がケーブルに吊るされた篭に乗って、四阿(あずまや)まで渓谷を渡ってくるのよね。おもしろかったわね」

俺は、源義経が平泉から遠駆けに来たとされるこの渓谷について、部員に質問してみた。

「ところでさ、厳美渓はどのようにしてできましたか。知ってる人」

熊谷が手を挙げた。

「はい、熊谷。答えをお願いします」

「これから登る栗駒山を水源とする磐井川によって、谷床が浸食してできました。

ついでですが、東山町には名称が似ている猊鼻渓(げいびけい)があるけど、こちらは砂鉄川が石灰岩を浸食してできた渓谷です」

「大正解。さすが、地学部員ですねぇ。

俺達は、ここから更に磐井川を遡ることになります。そうだよな、大島」

「そうだよ。真湯温泉ぐらいまでは、道が磐井川と並行して進んでいくよ」

バスは真湯温泉を過ぎた辺りから、高度を稼ぎ始めた。緑も濃くなってきたし、幾分涼しくなってきた。対向車が現れると、路肩すれすれの運転になる。狭い道を喘ぐように登りきると、須川温泉に到着した。バスは、標高一一〇〇メートルまで駆け上がった。

硫黄のにおいが俺達を出迎えた。

栗駒山は、活火山に分類されているのだ。

俺達は、夕方五時までに宿泊手続きをする旨を旅館に伝え、今日の登山に不要な荷物は預かってもらった。トイレも済ませ、登山の準備を整えた。

光雄は時刻を確認する。十時五十五分である。

光雄を先頭にして登山を開始した。秀夫が続き、裕子と幸子が後につく。俺は、しんがりを務める。

程なくして、名残ヶ原に着いた。栗駒山の中腹に広がる湿原である。

裕子と幸子が歓声をあげる。

「わぁ、広々として気持ちがいい」

「本当ねぇ。やっぱり来て良かった。

あの白い花は何かしら。可憐に咲いてる。裕子、お願い。写真を撮ってくれない」

俺は後方から裕子と幸子に植物名を教えた。

「高山植物には詳しくないけれど、ワタスゲだと思うよ。写真を撮る時は、湿原に入らないように注意して」

裕子は、その花をカメラに収めた。俺達以外にも登山者がいて、あちこちで色んな高山植物にカメラを向けている。

光雄はゆっくりと先を進んだ。裕子にも幸子にも歩き易いペースになっている。

そして、火山性ガスで草木の育たない荒涼とした地獄谷を横目で見やりながら通り過ぎると、真っ青な水を湛えた昭和湖が突然現れた。

この登山道のほぼ中間地点にある火口湖である。

裕子と幸子は「わぁ、すてき」、「きれいな色ね」と今度も歓声をあげた。

登山者のほとんどが、この場所で休憩をとり、神秘的な色合いの湖面に見とれている。

光雄は到着時間を確かめた。十一時五十分である。順調なペースで来ている。ここでの小休止を決めた。ここから天狗平の分岐点まではきつい登りとなるので、その前に休憩をとるのは妥当だ。

全員がリュックを下ろし、汗を拭いた。

それから、青リンゴを頬張った。

「ここも素晴らしい所ですね。コバルトブルーの水の色が鮮やかだわ。ここで、みんなの写真を撮りませんか」

裕子は近くにいた登山者に、昭和湖を背景にして全員の写真を撮ってくれるように頼んだ。その登山者は「いいカメラを持っているね」と言って気軽に応じてくれた。そして、さまざまな角度から何枚も撮ってくれる。

幸子は案内板があることに気付き、それを見ながら説明する。

「昭和湖は昭和十九年の小噴火で造られたと書いてあります。そんなに昔ではないですよね。まさに、今も地球は生きているという証拠ですね」

「そうだね。それじゃあ、そろそろ出発しようか」

光雄は幸子に頷き、指示を出す。昭和湖を十二時十五分に出発した。

この登山道で一番きつい登り坂を、半歩ずつ着実に進んだ。

時折、吹き渡る風が心地よい。むきだしの腕や首が、夏の太陽にジリジリ焼かれているのを感じる。

先に登っていた光雄が、振り返ってみんなを元気付ける。

「天狗平に着いたよ。稜線に出られたぞ。もうちょっと頑張れば小休止だ」

光雄は、次々に登ってくる後輩を天狗平で迎えた。

そして、急坂を登りきったことを労った。

最後に俺が着いた。俺達は一息入れ、水分を補給した。

天狗平は、栗駒山と秣岳（一四二四メートル、秋田県）及び須川温泉を結ぶ分岐点である。

ここまで来ると、頂上は目と鼻の先だ。三十分もかからないで着くだろう。稜線の尾根沿いに歩くことになるから、遮るものがなく周囲を見渡せて、山の醍醐味を味わえるところだ。もう登りもきつくない。

俺達は休憩を終え、再び登り始めた。

裕子は気持ちに余裕ができたのか、写真を撮りながら頂上に向かっている。

「あの赤い屋根は、私達が登り始めた旅館のところかしら。箱庭みたいに見えるわ」

俺は、裕子の傍に行き説明した。

「そうだよ。須川温泉だ。あれが昭和湖。あっ、あそこに名残ヶ原も見える」

先を歩くことになった幸子が振り返り、立ち止まって遠くを眺めている俺と裕子に叫んでいる。

「先輩、裕子、もうすぐ頂上よ。先に行ってるからねぇ」

裕子は大きく手を振って答える。

「わかったわぁ、すぐに追いつくわぁ」

栗駒山の頂には、全員が午後一時十分に到着できた。

頂上では、既に何組かの登山者がシートを広げて昼食をとっている。

俺達も眺めの良い所に場所を決め、車座になった。リュックから食べ物と飲み物を全部出して広げた。この中には、裕子と幸子が朝早くから作ってくれた梅ぼし、鮭、おかかの握り飯があった。

秀夫はかぶりついた。「おいしい、おいしい」と言って更にかぶりつく。裕子と幸子は「そうでしょう」と言って喜んでいる。

「山もいいわねぇ。達成感があるし、なによりも、みんなと外で食べられるのは楽しいわ。今年の夏は二回、わくわくどきどきしたわねぇ。安家洞の中の気温は十度で寒く感じたのに、ここでは日焼けしたわ」

俺は裕子の感想を聞きながら、高校生活最後の夏休みに、後輩達と栗駒山に登ることができて、本当に良かったと思った。

俺達は、握り飯十八個を全部たいらげた。青リンゴは二個だけ残した。下山途中の休憩の時に食べるためだ。このほかにあるのは、飴とかビスケットとかの非常食のたぐいだけだ。旺盛な食欲であった。帰りの荷は軽くなるはずだ。

光雄は遠くに見える山々を説明する。

「北の方の手前に焼石岳、その奥には岩手山。向こうには蔵王連峰が見えている」

裕子はまた写真を撮り始めた。そして、山頂を示す道標の前で、一人ずつ記念写真も撮った。

俺達が山頂からの眺めを満喫し、下山を開始したのは二時である。

須川温泉には四時ちょっと前に、無事に戻ってきた。

23

俺達は旅館に入り、「今、山から戻ってきました。眺めが最高でした。荷物を預かってもらって、ありがとうございました」などとあいさつをしながら、宿泊手続きをした。

光雄が後から予約して取れた部屋は、普段は物入れとして使用している予備の部屋だった。ここを男三人の部屋にした。

光雄が、母親の知り合いの従業員に、どんな部屋でも構わないからと言って、無理に頼んで取ってもらった部屋だ。ぜいたくは言えない。

そして、俺は光雄の母親の顔の広さに、あらためて感服した。

その従業員が、俺達三人をその部屋に案内してくれた。

「皆さんは、大島荒物屋の坊っちゃんのお友だちですか。

こんなお部屋しか用意できなくて申し訳ありませんねぇ」

光雄は恐縮する。

「こちらこそ、部屋を取ってもらっただけでもありがたかったです。ありがとうございました」

俺達は、案内された部屋に入り、片隅にリュックを並べておいた。厚手の靴下を脱ぐと、解放された足が喜んだ。足の先から疲れが抜けていくようだった。めいめいが足を投げ出して休んだ。

裕子と幸子の女性の部屋は、少し離れた所にある。

みんなで部屋割を話し合った時に、夕食は七時、その前に露天風呂に行こうと決めていた。裕子と幸子は、仕度ができたら俺達の部屋に来ることになっている。

その二人が、ドアをとんとん叩きながら「お待たせしました」と部屋の外から声をかけてきた。

部屋にいた俺達は、「はぁーい」と返事をし、大急ぎでタオルと着替えを持って廊下に出ると、二人は既に寛いだ普段着に着替えていた。

「おっ、もう着替えたんだ」と光雄が言えば、幸子が「はい、楽な格好にしました」とモデルのようなしなを作っておどける。

俺達はどっと笑った。

通ってきた道順を逆にして、階段を降り廊下を抜けると、受付や売店のあるホールに出られた。そこから、別棟の露天風呂まで、旅館の下駄を借り、カラコロ音をさせながら歩いた。空はまだ明るい。

本館の玄関先から二分ほどのところにある露天風呂は、登山口にあたる大日岩(だいにち)の下に設けられている。そこは、湧き出た湯が小さな川となって流れていた。須川温泉は源泉かけ流しである。酸性で白濁の湯だ。

俺達は、男と女では風呂からあがる時間が違うだろうから、今度は七時に食堂で集まろうと決めた。そして、男女別の脱衣所入り口で別れた。

俺と光雄は、正面に大日岩の見える露天の湯に浸かった。日が暮れなずむ。

秀夫は奥で頭を洗っている。

光雄はそれを確かめてから、俺に話しかけてくる。

「圭子の父親の写真を見たけど、いかつい顔だったよ。反対にゲーリー・クーパーの父親はやさ男だった」

「その写真はどこから出てきたんだよ」

「今年度の卒業アルバム作成の参考になればということで、編集委員が古い卒業アルバムや写真を集めて持ち寄ったんだ。

正孝の家から、旧制中学時代の柔道部の写真がいっぱい出てきて、その中から偶然に見つけたよ」

「お前、卒業アルバム編集委員をやっているのか。知らなかったな。正孝も編集委員なのか」

「ああ。受験勉強しない分、暇だからね。引き受けたんだ。正孝には写真の提供だけを頼んだんだよ」

「そうだったのかぁ」

「俺は、その写真を見て思ったさ。圭子の父親は自分の顔そっくりの女の子が生まれたら、どうしようと心配するはずだって。父親似の女の子なら絶対に醜女になる。

圭子の父親は、ゲーリー・クーパーの父親に、同窓の誼でさ、そうなった場合の娘の結婚話をしたと思うんだ」

「うん、そうだなぁ」

「嫁に行けそうもなかったら、先輩のところで、長男の嫁としてもらってくれないかと。初めは冗談話だったけど、そのうち、まじめな約束事になったんだと思うよ」

「圭子が生まれる前の約束か。ところが、圭子は父親似でなく、母親似の美人になった。だからといって、圭子の父親は約束を違えることはしない。ゲーリー・クーパーよりもいい縁談を望みもしない」

「ああ、その通りだと思う」

「だけど、圭子の父親は不治の病を患ってしまった。治療費がかさんで、経済的に苦しくなった。先輩に金銭的な負担もかけたくなかったから、約束を解消しようとした」

俺は、両手で湯船の湯を掬い、パシャパシャと顔に当ててから、話を続けた。

「だからこそ、今度はゲーリー・クーパーの父親の方が、『反故にすることではない。男と男の約束だ』と言ったんだ。

そして、圭子の父親が亡くなっても、その約束を果たそうとしたんだよ。きっとさ」

「そう、正孝から聞いた話からも推測するとそうなるな。悪く思っていたけど、いい人だったんだ。それに、藤原病院は採算を度外視して、市内山目から平泉町に移転したんだそうだ。平泉町は病床数が少なく、岩手県南の地域医療のバランスを考えてのことだったらしいよ」

「そうだねぇ。俺も悪く思ってた時があったから反省するよ」

俺は湯船の縁に腰かけた。光雄も同じようにした。

大日岩から流れ込んでくる外気が、火照った肌に心地よかった。

24

露天風呂から一緒に部屋に戻った光雄は、「夕食の時間まで間があるから、館内を探索してくる」と言って、部屋から出て行った。

おそらく、旅館の売店に置いてある土産物や特産品を見に行ったのだろう。

俺と秀夫は将棋をしながら、雑談をはじめた。

部屋にある将棋盤に駒を並べる。

「熊谷、山目に住んでるんだろう。山目生まれで、昭和初期の横綱宮城山を知ってるか」

「はい。岩手県では、初めて横綱まで昇進した力士です。優勝を五回したそうです。だけど、岩手県出身なのに、どうして宮城山というしこ名がついたんだろう」

「うーん、そうだなぁ。山目村といわれていた時分は、元をただせば仙台藩領だったからかな。その名残だと思うよ。明治以降は、行政区域が変遷して、最後は岩手県に落ち着いた。山目の円満寺に墓があるらしいけど、行ったことはあるの」

「はい、家の近くだし、何回かあります」

「そうか。俺は行ったことがないし、女子部員もないはずだから、今度、みんなを案内してもらおうかな」

「そうですね。いいですよ」


秀夫が先手番と決まり、7六歩と角道をあける。俺の8四歩に対し、秀夫は6八銀とした。

「先輩は、大学はどこを狙っているんですか」

「まだ迷っているんだ。岩淵は、教師になりたいから教育学部を目指すと言っている。俺には、そんな目標もない。何を勉強したいのか、何になりたいのかも分からない。情けないけど、将来を描けないんだよ」

「先輩に生意気言うようですけど、何をしたいのか探しに行けばいいと思います。僕の兄は大学一年生ですが、大学は面白いところだと言っています。それぞれが自分の好きなこと、興味のあることに熱中して飽きることがないそうです」

「例えば、どんなこと」

「判事や弁護士になりたい人は、司法試験の勉強会に入って切磋琢磨する。文学の好きな者は、同人誌を発行して、お互いの作品を批評し合う。音楽の好きな仲間は、自分たちでバンドを結成し、各地で演奏会をやっている。プロになった人もいるそうです」

「へぇ、みんな頑張ってるんだぁ」

「とにかく、サークル活動が盛んだそうです。ゼミも多種多様にあるそうです。大学に行って、自分の興味のあるものを見つければいいんです。わくわくどきどきするものがいっぱいあるはずです」

「そうか、目標がないからといって、大学に行けないわけではないよな。大学には、本当にやりたいことを探しに行けばいいんだ」

「そうですよ」

「少し気が楽になったよ。入りたい大学に行って、やりたいことを見つければいいんだ。打ち込めるものが必ずあるはずだよなぁ。

それで、お兄さんはどこの大学なの」

「早稲田の政経学部です」

「早稲田かぁ、すごいねぇ」

俺も3四歩と角道を通した。先手からの角交換は手損になるので6六歩にした。俺は8五歩と飛車先の歩を伸ばす。先手は7七角と応じた。

後手6二銀。先手6七銀。俺の5四歩に対し、秀夫は7五歩と三間飛車戦法にするつもりだ。6四歩にしてその戦法に備える。7八飛と秀夫は飛車を振った。俺は5二金と先ずは守りを固める。


「先輩は大島先輩と仲がいいですよね。名コンビです。大島先輩が言ってましたよ。先輩がどこかの大学に行ってしまうと寂しくなるって」

「逆だよ。大島が自分の将来をさっさと決めてしまったから、俺の方が取り残されてしまったと不安になったんだ」

「大島先輩は市会議員になりたいとも言ってます。だから、大島先輩のためにも、先輩は大学に合格し、地方政治や地域経済を勉強して、相談相手になってあげないと駄目ですよ。『三国志』に出てくる蜀の劉備玄徳に仕えた軍師諸葛亮孔明のようになってください」

「熊谷の話は大袈裟過ぎるよ。しかも、おもしろい例えをするね。

でも確かに、大島の役には立ちたいと思うな」

どうやら、その光雄が部屋に戻ってきたようだ。部屋のドアを開ける音がする。

光雄は「将棋をしてたのか」と言って、俺と熊谷の勝負をしばらく観戦し、そして解説する。

光雄はアマ三段の実力である。

「熊谷が石田式の三間飛車で、守りは穴熊になっている。それに対しお前は、高美濃囲いで、1、3、4筋の歩を伸ばし、橋頭保がある。形勢は互角で、勝負はこれからか。

だけど、将棋はここまでにして、食堂に行こう。夕食の時間になっているよ」

食堂に行くと、席は予め用意されていて裕子と幸子は座って待っていた。

「遅れて申し訳ない。ヘボ将棋に熱中してた」と俺が詫びる。

「そんなことないです」

「私達も、ほんのちょっと前に来たばかりです」

全員が席に着いて、料理が運ばれてきた。

すべての料理が揃ったところで、「いただきます」と言うやいなや、すぐにぱくついた。

秀夫が提案する。

「夕食が済んだら、外に出てみませんか。今日は空気が澄んでいて晴れてますから、星がよく見えると思います」

裕子と幸子は、はしゃいで賛成した。

「夏の星空を眺めるなんて素敵ね」

「浴衣を持ってくれれば良かったかしら。浴衣を着る時って、盆踊りの時ぐらいしかないしね」

光雄がたしなめる。

「ここは山の中だよ。街で夏祭りをやっている会場じゃないよ。場違いだよ」

秀夫がまた提案した。

「来年の八月一日の磐井川花火大会の時に着てもらいましょうよ。先輩達が卒業しても、年一度のことだから必ず会いませんか」

これも全員が賛成した。

みんなでわいわい言いながら食べるのは、合宿の食事のようで楽しいし、美味しかった。

外を見ると、すっかり日が落ちていた。


八時半近くになって、旅館の外に出てみると満天の星であった。

幸子が、感動のあまり声を張り上げる。

「わぁ、星がいっぱい。なんてきれいなのかしら。天の川もミルキー状で、はっきりわかるわ」

光雄も満足げだ。

「今日の俺達はついている。頂上でもガスがかからず、展望が良かったしね」

裕子は自慢した。

「やっぱり私達、晴れ女なんです。私達を連れてきて良かったでしょ」

俺は賛成した。

「そうだね。それに、俺達の日頃の行いの良さもあるかもしれないぞ」

幸子は、まだ感激している。

「街では、こんなふうに星が一つ一つきらめいてないもの、素晴らしいわ」

秀夫が星空を見上げ、俺に話しかけてくる。

「織姫星と彦星を探しましょうか」

「分かるのか」

「はい。どちらも一等星ですから、天の川をはさんで一番輝いている星を探せば見つけられます。ほら、あれです。

でも、平地では天の川が見えることは少ないですから、『夏の大三角』で判断します」

裕子が、『夏の大三角』を説明する。

「織姫はこと座のベガで、彦星はわし座のアルタイルよね。

もう一つ『夏の大三角』を形作るのは、はくちょう座のデネブのことでしょう」

「すごい、よく知ってるな」

「あら、先輩でも知らないことがあったんですね。

織姫と彦星の星合(ほしあい)の話なら、女の子は興味を持って星座まで調べようとするのにね。ねぇ、幸子」

「織姫と彦星は恋人ではなく、夫婦だったことは知ってますか」と幸子は誰とはなく尋ねた。

裕子と秀夫は正しく理解していたが、俺と光雄は恋人と思い込んでいた。

光雄が「勘違いしていたよ」と答えると、幸子が星合のいわれを話し始める。

「織姫と彦星は働き者だったんですが、結婚してからは機織りと牛飼いの仕事を怠けるようになり、天帝の怒りを買って、天の川を挟んで東と西に引き離されたんです。

そして、以前のように仕事に精を出すなら、年に一度は天の川を渡って会うことを許されました。天帝も二人の夫婦仲のむつまじさは分かっていたんですね。

だからね、七月七日は恋人の逢瀬の日でなく、夫婦の再会の日なんですよ」

幸子の説明を聞いて、俺と光雄は後輩の知識の豊富さと正確さに感心した。

秀夫は、また星空を見上げた。

「七夕伝説と関係ありませんが、はくちょう座のデネブも探しましょう。あっ、あれだ。三つの一等星を結ぶと『夏の大三角』になります」

「今年の一年生は侮れないね。星座や星合の話に詳しい。俺も、星座に疎い誰かと星空を眺めることがあったら、今日聞きかじったことを話してみようかな。驚くだろうな」

裕子が俺をからかう。

「先輩は、誰と二人で星を眺めるつもりなんですか」

「俺は、二人でとは言ってないぞ。それに、そんな人はいないよ。大島に訊いてみてくれよ」

光雄は笑って取り合わない。

秀夫が話を変えてくれた。

「宇宙は無限ですよね。容量が無限であれば、地球のような惑星が無限に存在するということになりますよね。そんなことを考えると、わくわくしませんか」

「相変わらず、おもしろい発想をするなぁ。確かに、可能性が無限にあるというのは楽しいね。さぁて、星を仰ぎ見てばかりいたから首が痛くなってきた。そろそろ、部屋に戻ろうか」

「今度は私達の部屋で、トランプ遊びしましょうよ」と幸子が持ちかける。

「いいわね。そうしましょうよ、先輩」と裕子が真っ先に賛成した。

25

俺達は、非常食として持ってきたチョコレートやビスケット、それから缶ジュースなどをかき集めて、女性の部屋に集まった。

敷かれていた布団は部屋の隅に押しやり、座卓を部屋の中央に戻した。

光雄は幸子からトランプを受け取り、カードを切り出す。

「菅原さん、どれから始めようか」

「トランプ遊びの定番は、ページワン、ババ抜き、七並べ、五十一ね。順番にやっていきたいわ」

「トランプ遊びなんて、何年ぶりだろう。なあ、鈴木」

「ああ。中学の修学旅行で、汽車の中でしたのが最後かな。俺が連戦連勝だった」

「そうだな。だけど、お前が勝ち続けていたという記憶はないな。俺が一番強かったはずだよ」

俺達は、ババ抜き、七並べで大いに盛り上がり、次は五十一のゲームになった。

光雄が配ってくれた五枚のカードは、俺には最初からマークはバラバラ、数字も小さなものばかりだった。

俺は裏返しにされたカードを、順番が来てはめくってみるけれど、カードのマークはいつまで経っても揃わない。絵札は全然来てくれない。

「めくれど、めくれど、猶わが手札楽にならざり、じっと手の内考える」

光雄は呆れ返る。

「最後はひどい字余りだな。それじゃあ、石川啄木もファンも怒るぞ。それに、みっともないからカードのせいにするなよ。実力だろ」

幸子が、俺の次にカードをめくるのをやめて、啄木の困窮生活について感じていることを口にした。

「啄木の短歌は素晴らしいと思うけど、一緒に生活したくないタイプの男性だわ。

だって、自分の放蕩のせいで借金を重ね、本当に苦労したのは女の人の方よ。子育てに看病、貧困に喘いだのよね」

秀夫は意外な評価をするという顔をして、太宰治については、どう思っているか訊いてみた。

「僕の好きな作家、太宰治はどうなの」

「やっぱり好きになれないわ。太宰治は、何度も違う女の人と心中未遂を起こしているのよ。自壊するのは構わないけど、周りに迷惑をかけてもらいたくないわ」

秀夫が食ってかかる。

「でも、作品の善し悪しを決めるのは作家の私生活でなくて、作品の内容でしょう」

裕子が幸子の応援にまわる。

「そんなことは、幸子も分かっているわ。幸子は、生活者の立場から男性を見てるだけよ。男性が勝手なことをしていても、女性には現実の生活があるのよ。

作品の善し悪しを言ってるのでないわ」

「男としての有り様を言ってるわけだ」

「太宰のいくつかの作品に登場してくる男性は、現実逃避で酒浸り、前向きでない人ばかりだわ。啄木の実生活より質（たち）が悪いわ。幸子には、好きになれない男性像なの。男性には、小説の中でも意欲的に行動してもらいたいのよ」

「菅原さんは男性に対して、そんなふうに考えるんだぁ」

「山本周五郎の描く原田甲斐のような人物が好きなの。守るべきものは守るという信念のある人に憧れるのよ。

この前、先輩が紹介してくれた『樅ノ木は残った』を幸子から借りて読みました。面白かったです」

俺は「本当に読んでくれたんだ」と返答すると、秀夫は「えっ、菅原さんや岩淵さんは歴史小説も読んでいるの」と読書量の多さに驚く。

「幸子はね、私よりたくさん本を読んでいるのよ。文学少女なのよ」

「裕子、私のことはどうでもいいの。それに、男の人は生活力があればいいのよ。偉大だったり、有名であったりする必要なんかないわ。

熊谷さんは、たぶん太宰の描く閉塞感、絶望感、無気力、退廃的な表現が好きなのよ」

「そうだよ。他の人とは違った作風だと感じた。どうしようもない人物でも、その内面を抉(えぐ)れば小説になるんだと思った」

光雄も、中学の時に読んだ作品に触れる。

「だけどさぁ、太宰の小説の中で、『走れメロス』は、絶望的でもなければ、退廃的でもないよな。中学の時だったからさぁ、読んだ後、感激した覚えがあるよ。

メロスとセリヌンティウスの真の友情を知った王が、その仲間に加えてもらう結末だったろう。なぁ、鈴木」

「うん。だけど、結末を変えてみようか」

「ええ、どのようにだよ」

「例えば、こんなふうにだよ。

太陽が沈み、友が処刑されたあと、メロスは広場に駆け込んできました。

メロスは、約束の刻限に間に合わなかったことを嘆き、自ら短剣を胸に刺して、死をもって友に詫びたのです。

群衆は、メロスが信義に篤いことをあらためて知って、戻って来なくても良かったのにと思いました。

この様子を見ていた王は、二人の友情と誠を疑ったばっかりに、有為な若者を死なせてしまったと悔います。

しかし、群衆は怒りました。メロスを死に追い込んだ非情な王に向かって石を投げつけたのです。

王は身の危険を感じ、城の奥へと逃げ込むしかありませんでした。

群衆は立ち上がったのです」

俺は幸子の表情を窺う。

「こんな結末にしたら、太宰治は危険思想の持ち主として、むしろ反骨の人という評価になったかもしれないよ。愛人との入水自殺という逃避的な死に方もなかったと思うな」

「でも、それなら、あの治安維持法で取り締まられることになるわね」

「うん。時局に添わない作品は検閲に引っかかるからね。

それにさ、マルキシズムに理解を示しながらも、マルキストになりきれなかった自分の屈折した感情や嫌悪感もあって、すさんだ生活になったんだと思うよ」

「……そうよね。太宰の心の葛藤からすれば、逃避しかないわね。

だからなのかしら、戦後の作品では、偽善的で信念もない弱い人物ばかり描いたんだわ。正直に、心の醜さまでさらけ出そうしたのね。

やっぱり、太宰治は意志薄弱な人間の側から小説を書く方が似合うわ」

「幸子、トランプ遊びはどうするの。続けるの。それよりも、みんなでおしゃべりしようよ」

「いいわね。私、もっともっと話したくなったわ」


明くる日、俺達は帰りのバスの中では、揺られながらウトウトとするばかりで、会話はほとんどなかった。全員が寝不足なのだ。

あれから、ずっと語り合った。先輩、後輩の隔てなく、将来の夢や社会問題など何でも話した。

気がつくと、明け方近い三時半になろうとしていた。

俺が退部した後の地学部は、何でも話せるこんな雰囲気で部活動を進めればいい。

後部座席で、裕子と幸子は互いの肩にもたれかかったまま目を瞑っている。秀夫はバスの窓に顔を預け、うつらうつらしてる。光雄も眠たげだ。

俺は光雄に小声で言った。

「受験は東京の大学に決めた。あの大学のさぁ、やっぱ法学部に挑戦するよ」

光雄は「そうかぁ、決めたかぁ」と言ったきり、俺の進路に安堵したのか、そのまま寝入ったようだ。

いつの間にか、俺もまどろんでしまった。

俺達の眠気が吹っ飛んだのは、バスが市街に入ってからだ。

裕子が、外の景色を確かめる。

「あら、早い。知らない間に街に入っているわ。すっかり寝ちゃっていたのね」

幸子も、裕子の肩越しに外を眺めた。

「もう磐井橋よ。すぐに駅に着くわ」

秀夫は反省しきりだ。

「昨日は、張り切り過ぎたのかなぁ。うっかり寝てしまい、『円満寺前』で降りられなかったです。そこで降りれば、家が近かったのに、後の祭りです」

光雄が秀夫の気持ちを取り成しながら言う。

「熊谷、しょうがないよ。昨日は、ほとんど寝てないからさ。

俺も鈴木も、次のバス停の『大町角』で降りれば家に近いけど、みんなで駅まで乗って行こう。熊谷もそうしろよ。

女性は駅までだから、駅で解散しようよ」

バスが駅前に着いた時、裕子は去りゆく夏を惜しむように言った。

「楽しいことはあっという間ね。これで夏休みが終わりになるのね。でも、今年の夏は充実していたわ。安家洞や栗駒山に行けて、本当に良かった。それに、いっぱいおしゃべりもできて楽しかったわ。

先輩、どうもありがとうございました」

夏休みは終わった。

26

八月二十六日、二学期の最初の日に、俺は進路調書をクラス担任に提出した。

この調書に基づいて、担任は進路指導を開始する。

調書を提出した翌日、俺は担任から職員室に呼ばれた。

職員室に行くと、クラス別に進路指導が始まっていた。他のクラスの女生徒が、そのクラス担任と話し合っているのが眺められた。俺の担任の席からは、かなり離れている。

「おう、鈴木。そこに座れ」と担任から机の横にある丸椅子を勧められた。

早速、面談が始まった。

「進路調書には、志望校を一校しか記入していないぞ。今の成績なら、ここは大丈夫と思うが、受験は一発勝負だから、どうなるか分からん。ここ以外にも、他の大学を受けたらどうだ」

「いいえ、ここだけにします。いさぎよくします」

「浪人しても構わないということか」

「浪人はしません。失敗したら大学進学を諦めます。地元で就職します」

「大学の合否が判明する来年の二、三月に高卒の就職口が見つかると思うほど、世の中は甘くないぞ」

「はい、分かってます」

「それと、就職を決めておいて、大学に合格したから取り消しますというわけにもいかないんだよ。信義にもとる。

だから、大学生になりたいなら何校か同時に受けろ」

「いや、望んで叶わぬ事があるのは経験してます。だからと言って、逃げ道を用意したくありません」

「どうした、失恋でもしたか」

「えっ、どうして分かるんですか」

「馬鹿野郎、高校教師を何年やってると思うんだ。お前のような生徒を何人も見てきているんだよ。そんな気障な物言いをすれば、すぐに失恋したなと分かるだろう。

それで、大丈夫なんだな」

「……大丈夫です」

担任は、俺の期末試験の結果を確認する。

「そうだな、お前の場合は失恋をバネにしたのか、今回は成績順位をかなり上げているな。お前は今までのんびりし過ぎてた。やっと、負ける悔しさがわかったようだな。大学受験まで負けるわけにはいかないな」

担任は俺の顔をじっと観察した。俺は目を逸らさなかった。

「よし、分かった。合格できる自信があるんだな。

合否の結果は電話ではなく、ここに来て報告しろよ。元気な顔を見せに来いよ。一校しか進路指導をしなかった責任は、担任にもあるからな。

高校の時の失恋は、大人になる儀式のようなものだ。いい経験ができたと思って乗り越えろよ。意中の大学だけはものにしろよ」

「はい」

「それから、文系の私大は主要三科目の試験になるから、数学の授業に英語とか世界史の内職をしても構わないぞ。自分は数学の教科担任でもあるけど、鈴木には指さないから安心しろ。世界史は学年で一番の成績だ。この得意科目で点数を稼げ」

「はい、そうします」

「よし、教室に戻っていいぞ。佐々木か小野寺が教室にいたら、職員室に来るように伝えてくれ」

俺は教室に戻り、席にいた佐々木正三に担任が呼んでいることを伝えた。

正三は市内五代町（ごだいちょう）に住んでいる。鍛冶屋の倅で三男坊だ。正三とは小、中学校は学区が違った。だから、高校三年で同じクラスになるまでは、互いに知らない存在だった。

それが、ある事をきっかけに、よく知りあう間柄となる。

俺はこの進路指導の日を境に、文字通り受験勉強一色の生活になった。

夏休みが終わって、大学の試験日まで六カ月を切っている。

圭子とは片想いだった。事実を認めてしまえば、もう諦めるしかない。

次のステージが始まろうとしている。受験勉強は下稽古だ。舞台は東京になる。新しい興味を見つけるために勉強するだけだ。

受験知識だって、知らないよりも知っていた方がいいに決まっている。将来、きっと何かの役に立つだろう。

夏休みの前と後とでは、俺の生活が一変した。もう、漠とした不安や焦りはない。ただ、受験勉強をするだけなので、感激や感動は、これからは少なくなるような気がする。最大の感激を来年二月下旬の合格発表まで取っておこう。

俺にとっては、まさに受験勉強の追い込みが始まった。

27

店の前をはしゃぎながら登下校する屈託の無い関高生を眺めていると、里子は関高も夏休みが終わって、二学期が始まったと気が付いた。

娘の葬儀から、早くも一カ月が過ぎたことを実感した。

「英子が元気でいれば、あんなふうに通っていただろうに」とやりきれない気持ちになる。

里子は、一人で部屋にいると気持ちがうつうつとしてしまい、愛読している和歌の本も手に取ることができないので、なるべく店に出て、客との応対や従業員の及川芳子との取り留めもないおしゃべりで気を紛らわせていた。

けれど、今また、関高生の登下校する様子を見ていると、早世した娘の不憫さが一気に甦った。

「これから、いっぱい楽しいことが待っていたはずなのに、英子、早すぎるよ。せめて、二十歳まで生きていてくれたら、成人式の日には、うちの名に恥じぬ最高の振袖を着せられたのに。……立派に着飾ってやれたのに」と里子は考えてしまう。

すると、「お母さん、そんな繰り言ばかりを言ってるといっぺんに老けてしまうわよ。俊ちゃんの家に行くのも忘れているしね。それに、頑張るって約束したでしょう」と英子の叱り励ましている声が、どこからか聞こえてきた。

里子は驚いて店内を見渡した。

「奥さま、どうかしたんですか」と芳子が心配してくれる。

「あら、空耳だったわ。何でもないから、大丈夫よ。

及川さん、私、高橋さんの所に行く用事を思い出したわ。今から、行ってくるわね。それで、しばらく店番をお願いするわ」

「はい、分かりました。お出かけするのは、そこのお肉屋の高橋さんですか」

「そうなの、届ける物があったことを、急に思い出したのよ」

「はい、行ってらっしゃいませ」

里子が高橋精肉店の店先に立つと、俊宏の父親の俊男が「あっ、奥さん。いらっしゃい。最近、顔を見せないからさ、気掛かりだったよ。今日は豚のモモが特売だよ」と大声で話しかけてくる。

「それはどうも、ご心配をおかけしました。でも、今日は買い物ではなく、お届け物に上がったんです」

「それじゃあ、今、うちの奴を呼びますから、ちょっと待ってくださいよ。

おーい、米子。呉服店の奥さんがお見えだよ」

俊男は店の奥に向かって叫んだ。

米子は大急ぎで店先に出て来て、「立ち話では何ですから」と言って、下にも置かぬ鄭重さで居間に通した。それから、お茶と一緒に、秀衡塗りの菓子器に盛った地元の銘菓『田村の梅』を運んできた。里子の好物の和菓子である。

「どうぞ、遠慮しないで召し上がってくださいね」

「あら、すっかり気を遣わせてしまっているわ。そんなつもりで伺ったのではないのに。それに、夕方の忙しい時間に、突然お邪魔してすみませんね。用事が済んだらすぐ帰りますから、どうぞお構いなく」

「いいえ、忙しいと言っても、たかが知れてますよ。それに、亭主が店に張り付いてますから大丈夫ですよ。たいしたおもてなしもできませんが、ゆっくりしていってくださいな」

「ありがとうございます。それでは、遠慮なくいただきますわね」

里子は、お茶をひとくち飲んでから、その好物の和菓子を口に運んだ。

「英子ちゃんのことは、本当にご愁傷様でしたね。お力落としにならなければいいなと、亭主と心配してました」

「はい、お陰様で何とか過ごしています。

亡くなった英子も、いつまでも私の塞いでいる姿を見たくないだろうと思いましてね、思い切って、こちらにお邪魔してみました」

「そうですよ。出歩くようにしないと駄目ですよ。奥様まで病気になってしまいます。

私の所なら、いつでも遠慮なく訪ねてきてくださいな」

「そうね、そうします。ありがとう。

それでね、今日お伺いしたのは、俊ちゃんにぜひ受け取ってもらいたい品物があるからなんです」

「俊宏にですか。何でしょう。俊宏が学校から戻ってくるのは、今日は七時近くになると思いますから、お預かりしておきましょうかね」

「はい。実は、鳴子のこけしなんです」

「こけしですか」

「去年の秋でしたが、鳴子峡の紅葉は素晴らしいと人づてに聞いていましたから、どうしても見たくなって、親子三人で出かけたことがあったんです。

英子は、その頃はまだ元気でした……。

英子にしてみれば、親孝行のつもりで付いて来たんでしょうけれど、家族で行った最後の旅行になってしまいましたの」

「そうでしたかぁ」

「帰る時にね、土産物店で、英子はこけしを三個買い求めたんです。一つは自分の部屋に飾るため、もう一つは圭子ちゃんへのお土産として」

「圭子ちゃんって、ご主人を亡くしたあの佐藤さんの娘さんのことですか」

「えぇ、そうです。英子の一番のお友だちで、月命日の時も家に来て仏前に手を合わせてくれたんです」

「感心な娘さんですね」

「えぇ、本当に。それから、残り一つはね、自分のことを一番大事に想ってくれる人が現れるまで、取っておくわねと英子は打ち明けてくれたんです。

そんなことを夢見て、その人にあげるつもりだったんでしょうね」

「そうだったんですか」

「それでね。俊ちゃんが仙台の病院まで、わざわざお見舞いに来てくれたでしょう」

「はい、はい。そうでした」

「その時に、俊ちゃんはね、英子のことを好きだと言ってくれたそうよ。だからね、このこけしは俊ちゃんにぜひ受け取って欲しいんです」と言いながら、里子は米子の前にそれを差し出した。

「ええっ、知りませんでした。そんな恐れ多いことを言ったんですか。

俊宏は、何も話してくれませんでしたから」

「いいのよ。むしろ、俊ちゃんには感謝しています。

英子は勉強ばっかりだったから、俊ちゃんの告白で、十七歳の女の子らしく、胸がときめいたと思います。娘の人生に、鮮やかな彩りを与えてくれたと感謝しています」

「こちらこそ、そう言っていただいて、本当にありがたいことです」

里子は、しみじみとそう思っていた。


その夜、俊宏は鳴子こけしを握りしめ、何も言わず優しい笑みを湛えているだけのその表情を見つめていた。

「英子ちゃん、ひどいよ。こけしは、本当は民芸品とかを集めているあいつに渡したかったんだろう。あいつに買って来たんだろう。

俺がもらっていいのかぁ。

俺はさ、英子ちゃんが誰を想っていたのか、何となく気付いていたよ……。

知らない振りをしていたんだ。

英子ちゃんも、切なかったよな。

俺が出しゃばって来て、ごめんな」

あいつの顔が、俊宏の目に浮かんできた。

「英子ちゃん、あいつはさ、賢しげにこう言うに決まっているんだ。

『それは違うぞ。

英子は、最後にお前を一番大事に想ったんだよ。

だから今、お前の手元に、そのこけしがあるんだよ。英子の気持ちをないがしろにするなよ。

お前は、それを部屋のどこかに置くだろう。

英子はそれを通して、お前を見ているぞ。毎日、頑張れと言って見ているぞ』って」

俊宏は、鳴子こけしを更に強く握りしめた。

28

米子は、部屋に閉じ籠もったままの息子の様子が気になってきた。

学校から帰ってきた俊宏に、英子ちゃんが鳴子で購入したこけしの話をすると、黙ってそれを受け取り、何時間も部屋から出てこない。

夕食の時に、「ご飯だよ」と呼んだが、「いらない」と素っ気ない返事を寄こしてきただけで、ずっと自分の部屋にいる。

俊宏は、それ程までに英子ちゃんのことを気にかけていたのかしらと驚かされる。

確かに、小学二、三年生の頃までは、同い年で近所だったこともあって、一緒に遊んではいた。

けれども、その後の俊宏は野球やプロレスに夢中になり、運動好きの男の子としか遊ばなくなっていた。英子ちゃんとは疎遠になったと思っていた。

それなのに、仙台まで行って告白したとなれば、俊宏はずっと英子ちゃんのことを想い続けていたことになる。

きっと、早世した英子ちゃんもそんな俊宏の誠実さに心打たれて、取っておいたこけしを息子に託したかったのかしらと考えてしまう。

素直に気持ちを通い合わせることのできる今の高校生が羨ましい。

難しいことは分からないけれど、新しい憲法ができて、自由で明るい時代になったと思う。

自分の十七、八歳の頃を思い返してみると、嫌な思い出ばかりだ。

貧しかったから、左官職人である父親の仕事を手伝わされた。

若い娘が土をこね、コテで壁塗りをする姿は、周りからは哀れんだ目でしか見られなかった。

着る物もめったに買ってもらえず、密かに好意を寄せていた人から「同じ物ばかり着ているな。俺と同じ着たきり雀だ」とからかわれた時には、本当に悲しかった。

自分の名前の『米子』だって、嫌で嫌でたまらなかった。親は、おいしいご飯にいつでもありつけるようにと、『米』という字を名前につけてくれたのだけれど、貧しさを表しているようで、みすぼらしい名前としか思えなかった。

二十歳を過ぎた時に、否応なしに見合い結婚をさせられた。今の夫である。

あの頃は、世界中で大きな戦争が起こることを、人々は何となく予感していた。

ドイツはナチス政権がポーランド侵攻を窺い、日本ではアメリカとの開戦もやむなしという声が、軍部を中心に大きくなっていた。

高橋の家では、長男である夫が出征する前に、子供を残そうとしたのだと思う。

結婚については、本人同士の気持ちよりも、『家』の事情が優先した。

それでも、夫は優しかったし、召集前に女の子が二人生まれ、母親になれた幸せを感じた。夫も喜んでくれた。

嫁ぐ前日に、母の言った言葉が、昨日のことのように思い出される。

「肉屋さんに嫁ぐんだからね、お肉がいっぱい食べられるよ。
だけどね、食べられることを当たり前と思わずに、『いただきます』と手を合わせてから、食べるんだよ。豚さんや鶏さんの大切な命をいただいて、食事するんだからね。
　感謝の気持ちを忘れてはいけないよ」

今なら、その時の母の気持ちが痛いほどよく分かる。

俊宏は、夫が戦地から無事に戻ってきて、戦後に授かった男の子である。歳の離れた姉弟になったけれども、子供は三人になった。

敗戦による食糧難の時代だった。二度の水害にも見舞われた。

私達の世代の母親なら、わが子に滋養のあるものを食べさせたいと願い、健康に育ったことに感謝したくなるはずだ。

人の命を育んでくれる食物に対して、『いただきます』と感謝の意を込めることの大切さを、母親になってから理解できた。

米子は柱時計に目をやった。

夜の十一時になろうとしている。

夫は「あいつがなぁ、あの娘に惚れていたとはなぁ。……なんか元気がないのは、それかぁ」とつぶやいただけで、それ以上は触れずにさっさと寝床に入ってしまった。

俊宏は、まだ部屋に閉じ籠もったままだ。

米子は、息子を心の中で叱りつけてやった。いや、本当は声援を送っていたのだ。

くよくよするんじゃあないよ。ご飯を食べれば元気が出るよ。

いつものように、「腹へったぁ」と言って部屋から出てこーい。

俊宏は、英子ちゃんのようには利発ではないけれど、心の優しい若者に育ってくれた私の自慢の子だわ。

しばらくすると、俊宏の部屋のふすまが、わずかに開いた。

29

十月に入った。俺はいつものように、光雄を誘って登校する。

光雄は佐々木正三を話題にした。

「正三はお前のクラスだよな。お袋情報だけど、大学進学のことで派手な兄弟喧嘩をしたらしい。近所中に聞こえる大立ち廻りだ。

何か、クラスで変わった様子はなかったかなぁ」

「いや、特にないけどな。どうして兄弟喧嘩になったんだよ」

「正三が東京の私大に行きたいと言ったことが発端になっているんだ。大学進学と聞いて、八つ年上の一番上の兄貴が烈火のごとく怒った。中学を卒業しただけで、家業の鍛冶屋を父親と一緒にやっている人だ。

正三は、長男の兄貴に、大学進学のことを話していなかったんだ。相談してもらえなかったことも腹を立てた原因らしい」

　その長男と正三の喧嘩の一部始終は、次のようなものだったという。

「高校を卒業できるだけでも有難いと思わなければいけないのに、東京で遊ばせる金などない。就職して家計を助けろ」

「学費を出してくれなんて言ってない。自分で学費を稼いで、大学に入る」

「働くなら、自分のことに使わず家計を助けろと言っているんだ。どうして、分からないんだ」

「俺は勉強したい。家の事情に縛りつけるなよ。

　そっちこそ、理解しろよ」

「なんで、兄の俺に相談しない」

「相談したら、学費を出してくれるのか」

「生意気言うな」

「兄貴面するなよ」

　あとは取っ組み合いの喧嘩になった。

　二番目の兄が喧嘩を止めようとした。地元の信用金庫に勤めている人だ。

　父親は止めさせなかった。

「男の喧嘩は、どっちにも理屈があるときは止めるな。中途半端に止めると、火種が残って後でくすぶる。

取っ組み合いの喧嘩を、十分以上も続ければ、疲れて自然にやめる。

元々あばら家だ。兄弟喧嘩で家が壊れても諦められる。

近所は騒がしくて迷惑だろうけど、いつものことだ。

もうすぐ、こいつらは息が上がる。ほっとけ」

父親はテレビを見ていて動じない。

母親も兄弟喧嘩には慣れっこだ。

兄弟のどちらかが、相手の気持ちを思い遣って折れ、喧嘩をやめるはずだと親は思っている。

やがて、首を絞められていた正三が、我慢しきれず、兄の体を突き飛ばしたけれど、自分も反動で後ろ向きに倒れた。

もう立ち向かっていく力はない。大の字に仰向けになり、肩でゼイゼイ息をしているだけだ。

兄の方は、苦しそうに立ち上がり「生意気のうえに強情っ張りだ。お前の好きにしろ」と捨て台詞を吐いて、風呂場に向かった。

父親も母親も何も言わない。

二番目の兄が「正三、兄貴は好きにしろとよ。良かったな」と言ったきりだ。

光雄は話を続ける。

「明日の日曜日、正三の様子を見てくる。正三とは、高二の時に同じクラスだったからさ、ちょっと気になるんだ。

それと、お前のところは、学費は大丈夫なのか」

「合格したら、泣いて親に懇願するよ。そのためにも、名の通ったあの大学を受験する。せっかく合格したのに、もったいないと説得できるからさ」

「策士だな。失敗したらどうする」

「サラリーマン家庭で、そんなに余裕はないし、来年は妹も高校に進学する。浪人はしてられないから、大学進学を諦めるよ。

お前がこの街にいてくれるので、俺もこの街に残ってもいい。アルバイトしてでも、食い扶持だけは稼ぐよ」

「そうなのかぁ」

「俺も、正三のところに行ってみようかな」

「うん。了解」

光雄が話を打ち切ったのは、校舎正門が間近になってきたからだ。

俺達は玄関ホールで「じゃあ、明日な」、「こっちこそ、よろしくな」と言葉を交わしてから、それぞれの教室に向かった。

30

次の日は、十月最初の日曜日で、秋らしい暖かい日になった。

俺と光雄は、自転車で正三の家を訪ねた。

玄関から声をかけてみたが返事がない。

鍛冶場を覗いてみる。

正三は上半身裸になって、大ハンマーを握っていた。両肩が盛り上がり、筋肉質のいい体をしている。

正三の父親は、まるで画家の山下清のいでたちだ。ランニングシャツに半ズボン。恰幅がいい。

父親が左手でふいごを操作して火を熾(おこ)し、右手で鍛冶屋バシに挟んだ鉄の塊を熾火の中に突っ込む。

そして、赤く焼けた鉄の塊を取り出し、鍛冶屋バシに挟んだままで金床にのせる。

正三はそれをめがけて大ハンマーを振り下ろす。四回、五回と振り下ろす。

鉄の塊は表にされ裏にされて叩かれ、平たくなっていく。

父親が、平たくなった塊を水槽に入れて焼き入れをすると、ジュワァッと蒸気が立ちのぼった。形や硬さを目で確かめる。

父親は、硬さが不十分と判断したのか、また、ふいごで風を送って火を熾し、その塊を熾火の中に入れた。

それから、再び赤く焼けたそれを金床にのせる。

先程と同じように、正三は大ハンマーを力いっぱい振り下ろし、父親が焼き入れをする。

この作業を何度か繰り返してから、正三の仕事は終了した。

あとは、父親が小ぶりのハンマーで形を整えていく。

正三は手拭いで額の汗を拭きながら、俺達を井戸のある縁側に案内し、ぶっきらぼうに指示する。

「鈴木に大島、縁側に腰掛けろよ。二人揃って、何の用事なんだ。用件を話せよ」

光雄が応じる。

「鍛冶仕事が見たくて、寄ってみた」

正三は同じ調子で言う。

「鍛冶仕事は見世物じゃない」

光雄は意に介さず質問する。

「さっきは何をこしらえていたんだ。

鍛冶仕事は儲かるのか。儲からないなら、鍛冶仕事を見物させたらいいよ。俺は見ていて飽きなかったよ。見物料を出してもいいぞ。

それに、その井戸は飲み水に使うのか」

正三は無愛想ながら素直に答えた。

「鋤だよ。一カ月に二件あるかないかの鍛冶仕事だ。生活は苦しいよ。井戸水は『焼き入れ水』のために使う。水道水は使えない。自然なものを使うんだ」

光雄は正三の進学希望を知っていながら、あえて尋ねる。

「生活が苦しいなら、大学はどうするつもりだよ」

正三は腕に力こぶを作った。

「行くよ。自分で学費は稼ぐ。俺は、この通り頑丈な体だ。人夫でも土方でも何でもできる。東京なら、金が稼げる肉体労働がいっぱいありそうだ。鍛冶仕事を手伝ってきたお陰で体は鍛えられた」

「そこまでして、東京の大学に行きたい理由は何なんだよ」

「勉強して、世の中を変えたい」

「政治家になりたいということか」

「いや、そうじゃあない。

ベトナム戦争反対運動を知っているか。東京なら、自分の意思を行動で示すことができるし、世論を動かすこともできるだろう。戦争をやめさせられるかもしれない。しがらみにとらわれず、ものが言えるだろうし、好きなように行動もできるよ」

「東京の魅力は、そうなんだろうな」

「この街は駄目だ。自分の身に降りかかってこなければ誰も関心も持たない。知らんぷりだ。正しいことを言えば青臭いと言われ、今までのやり方だけが尊ばれる。守旧のままだ。俺は、こんな街を出て行くし、戻ってくる気もない」

「東京に行きたい理由は分かった。だからと言って、この街を捨てる理由にはならないだろう。地方なら、守旧なのはどこも同じだ。この街に残って、あるいはこの街に戻ってきて、この街を変えていくことの方が大事だろう」

「俺には関係がない」

「関係がないだと、生まれ故郷だぞ。それなら、お前の理屈は、自分を楽に表現できる東京に逃れたいという口実にしか聞こえないんだよ。

この街は駄目だと決めつけて、良くしていこうとする気持ちがないだけだろう」

「そう思うのは、お前の勝手だ。俺は東京で勉強し、東京で行動する。ここでの苦しい生活から這い上がらないといけないいんだよ。

お前のような恵まれた奴の戯言(たわごと)には付き合えないな」

正三は、光雄の家が商店街の一等地に大きな店を構えているので、先祖代々の資産でのうのうと生活していると思い込み、辛辣に言い放ったのだ。

「俺のどこが恵まれているんだよ、はっきり言えよ」

光雄は腹立たしげに言い返す。

正三と光雄の間に、一瞬刺々しい空気が生じた。

正三は言い過ぎたと後悔した。光雄も向きになったことを反省して、今度は穏やかに話した。

「そうか、わかったよ。邪魔したな、もう帰るよ」

「ああ、俺も言葉が過ぎたよ。

それで、お前らの進路はどうなっているんだ」

「俺はこの街に残り、鈴木は東京の大学を受験する」

光雄が縁側から腰を上げ、帰ろうとする。

俺は、光雄の急な帰り支度に慌てて、正三に急いで声をかけた。

「もし、東京に行けるようになったら、東京では同郷の誼で仲良くしよう。

反戦運動で、世の中から戦争をなくしていこうとする発想は、俺にはなかったよ。だから、ためになったよ。

東京での受験は、お互いに頑張ろうな」

「そうだな」と正三は素っ気ない。

「それと、大島はのほほんと過ごしてるわけじゃあないぞ。本当に、この街を良くしようと考えているよ。

それじゃあな、俺も失礼するよ」


俺と光雄は、正三の家の通りから磐井川の堤防に出た。

自転車から降り、草むらに並んで座った。

向こう岸の浅瀬で、魚釣りをしている子供が何人か見える。

「浩一、のどかだなぁ。

東京じゃあ、お前達はのんびりと川面を眺めることなんてできないんだろうな。

東京では、正三と友だちになってやれよ」

「大学に合格しないとさ、東京には行けないよ」

「さっき、兄貴達が家にいなかったよな。正三だけが父親の手伝いをしてた。変じゃないか」

「大喧嘩した後だから気詰まりでいなくなったか、兄貴達だけで正三のことを話すために外に出たかだな」

「外って、どこだよ」

「それは、俺にも分からないよ」

「だけど、気詰まりを感じるなら正三の方だよな。正三が出かけようとするんじゃあないのか」

「日曜なのに信金の兄貴もいない。兄貴達がいなくて正三がいる。逆だよな」

「そうだな、きっと兄貴達は正三に聞かれたくない話を、家の外でしてるからいないんだ。長男の兄貴はさ、本当は進学させたいと思っているよな。進学に反対した手前、それを正三には知られたくないいんだ」

「うん、そう思う。兄貴達で、東京に行かせる算段をしているんだよ。それとさ、俺は正三よりも恵まれているんだから、受験で負けるわけにはいかないいな」

「ああ、俺達も頑張らないと……」

俺と光雄は、向こう岸に目を向けると、魚釣りをしていた一人の子が、突然「釣れた、釣れた」と大声を出した。

釣れた魚を見ようと他の子が、その子の傍に寄ってくる。

そして、「すごい、すごい」と集まった子は囃したてる。魚を釣った子は得意満面だ。

「俺達も、あんなふうに無邪気に遊んでた頃があったんだよな。

それが高校を卒業すると離れ離れになる」

「ああ、そうだな。ここで、お前と色んなことをして遊んだな」

俺は草むらに仰向けになった。

青い空が眩しい。真夏とは違う微かな草いきれを嗅ぎ、川音に耳を傾けると、懐かしさがこみ上げてくる。

31

正三は腹が立った。

鈴木と大島が、自分の様子を探りに来たせいかもしれないし、父親の手伝いをしている間に、兄貴達が家からいなくなっていたせいかもしれない。母親もいない。

自分に対して気の遣い過ぎだ。普段通りにして欲しいのに、腫れ物に触るような扱いだ。変に気を回されれば、不愉快になるというものだ。

こんな時に限って、隣のお婆さんの甲高い声が玄関から聞こえてくる。

どうせ、ろくでもない用事だろう。

仏頂面で応対に出る。

「ああ、正三さん。こんにぢは。あんだの母さんは、いねぃのすか。

回覧板持ってきたのど、寄付金を集めに来たんだけど」

「お袋は出かけてていません。何の寄付金ですか。

回覧板は預かりますが、寄付金は出せません」

「何とか事業の寄付金とか言ってだなぁ。

詳しいごとは忘れたけど、そんなごと言うもんじゃぁねぃ。

町会長さんに悪かんべぃよ。近所づき合いというものがあんべぃ」

「内容の分からないものは出せません。

それに、寄付金は任意のものだから、出せる人が出せばいいものです。うちは貧しいから、
今回は勘弁してもらいます」

「余裕がねぃから出せねぃなんて、そんな理屈ねぃべぃ。

そしたら、みんな同じごとを言うべぃ。

事を荒立ててはなんべぃ。世間体が悪かんべぃよ」

「寄付金は会費と違います。賛同者がいなければ、集まらなくとも仕方ないものです」

「まぁ、あんだの言い分は分かったぁ。

そんなら、おばさんのいるときにまた来るからしょ。今日のどころはいいっす」

隣人は、しぶしぶ帰って行った。

正三は、無愛想に応対してしまったけれど、自分の方が理屈では正しいと思っている。

どうして、この街は「近所づき合い」とか「世間体」という情緒的なもので、事を進めようとするんだ。理屈がいつも通らない。

正三は更に不機嫌になった。


その頃、俺と光雄は磐井川の堤防で、ちっちゃい頃の想い出話に興じていた。

「風のない日だったからかなぁ、凧を揚げようとして一生懸命駆けたけどさ、凧を地面に擦(こす)りつけてばかりいたし、そうかと思えば、風の強い日にバドミントンをしてさ、羽根が横に流されるばかりで試合にならなかったしな」

「そんなこともあった、あった。

お前ん家(ち)のケンタも、ここで、よく走り回らせたよなぁ」

「うん。でも、一番よく遊んだのは、『三角野球』かな。ベースを一塁、二塁、本塁だけの三角形に結んで、少なくとも三対三の六人でできる野球だよ」

「守りはピッチャーにキャッチャー。もうひとりが内、外野を兼ねるんだったな」

「そうだよ。それに審判もいないからさ、セーフアウトの微妙な時とか、次打者が塁上にいたままの時はどうしようかとか、『敵味方による協議』と言っては中断し、その都度判定しながら遊んだんだよ」

「最後は、じゃんけんで決めたこともあった」

「ああ。もっと人数が集まらないときにはさ、ベースを一塁と本塁だけにして、二対二の四人で試合したこともあったしな。

守備はさ、二人しかいないから、ピッチャーと内、外野を守るひとりだけ」

「そう、そう。四人で遊ぶ時はキャッチャーも足りないしさ、打者は打ったら必ず一塁から本塁に戻ってきて、次の打者に対するキャッチャーも務めなければならないんだったな」

「そうしないとさ、空振りするたびに、後ろに逸(そ)れた球を打席に立ってる奴が取りに行って、時間が無駄になってしまうんだよ」

「攻撃側でも、キャッチャーはしてもらうルールだった」

「しかも、フォアボールはなし。打つか、三振」

「色んなルールを編み出したもんだよなぁ」

「そうだな。新ルールをひねり出すのも楽しかった」

光雄は、当時の事を懐かしみながらも、圭子や英子とは、その頃には疎遠になっていたので、それが気になって口にした。

「俺達さ、いつ頃から圭子や英子と遊ばなくなったんだろう」

「小学三年の頃じゃないか。はやし歌が流行(はや)ったろう。あれで完全に遊ばなくなったな」

「ああ、覚えてる。『お前の母ちゃん、出べそ。女の子と遊ぶ奴、オチンチンもげる』だろ」

「うん、そうだよ」

「その頃だよな、売り物の反物をしわくちゃにして、及川さんに怒られてさ、呉服店に行けなくなったのは」

「ああ」

「それにさ、俺は、英子の運動神経の鈍さをからかってしまったからな。決定的に疎遠になる原因を作ったようなもんだ。

今でも後悔してるんだ」

「それは、死んだ英子だって、もう気にしてないよ。許しているよ。

だからさ、それは俺達の興味が野球に変わってきたし、おはじきやお手玉ではつまらないし、
縄跳びやケンケンも卒業して、女の子と外で遊ぶものが無くなってきたからだよ」

「うーん、そうだな。すると、俺達が揃ってF組になれたのは小二の時でさ、圭子達とここに
泳ぎに来たのはその年の夏のことかぁ」

「ああ、あの時のお前は傑作だった。赤ふんどしで泳ぎに現れたんだからさぁ、驚いたよ。圭
子達も『光雄ちゃん。嫌だぁ』と言いながら、ケタケタ笑っていたぞ。あれは、受けを狙った
んだろう」

「まぁな。今思うと、小二の時が本当に楽しかったなぁ」

「そうだな」

「ところでさぁ、圭子が今度の期末試験では成績下がったな」

「うん。試験前にゲーリー・クーパーのことや英子の病気のことがあったしさ。

圭子にしてみれば、大変なことが立て続けに起こったからなぁ。しょうがないよ。

でも、元々実力があるんだから、すぐに上がってくるはずだよ」

「そうなんだけどさ、成績が下がったことで、なんだかんだ言われてるぞ」

「俺も知ってるよ。気になっているんだ。

お前、それを、今日まで話題にしなかったよな。どうしてなんだよ」

「ああ、せっかく圭子のことから立ち直っているのに、話せば、また勉強に支障が出ると思ってさ」

「そんな気遣いは、もう無用だよ」

「そうかぁ、大丈夫なんだな」

「うん」

「それでさ、俺は学校で圭子のことを悪く言う奴を見つけたら、そいつに馬鹿言うんじゃないと、これからはきっぱりと言ってやるつもりだ。

お前も、ずっと圭子の味方でいろよ」

「ああ、もちろんだ。そうするよ」

「俺はさぁ、圭子には、死んだ英子の分まで幸せになって欲しいんだ……。

それにさ、圭子が嫌なことを言われて、悔しい思いをさせたくないんだよ」

「うん。そうだなぁ……」


俺と光雄が、もう一度向こう岸を見ると、さっきまで浅瀬で釣りをしていた子供達は、今度は河川敷に移ってボールを蹴って遊んでいる。

「サッカーをしているのかな。珍しいな」

「サッカーよりも野球の方がおもしろいのにな。俺達のガキの頃と、遊びが変わったかな。サッカーには、野球みたいに長嶋や王のようなスター選手はいないし、ラジオもテレビも放送していないんだから、つまらないと思うけどな」

「そうだな。そろそろ帰ろうか」

「なぁ、あの上(かみ)ノ橋(はし)のたもとまで、自転車で競争してから帰ろうよ」

「いいよ。負けないからな」

俺と光雄は、自分の自転車にまたがり、堤防の上を風のように疾駆しようと身構えた。

「それっ、行くぞ」

32

磐井川の堤防で、光雄と幼い日のことなどを語り合ったあの日から、もう三カ月が経過した。

俺と光雄は、それぞれの道を歩み始めていた。俺は受験勉強に没頭し、光雄は店の手伝いを放課後や日曜日にするようになった。

その間に、一つの出来事があった。

それは、光雄が同級生と言い争いになり、互いに胸倉を掴みあって、ちょっとした騒ぎになったことだ。

光雄は「あいつとは、その日のうちに仲直りしたから安心しろ」と、そのことについて話したがらなかったが、俺には何が原因で騒ぎになったのか見当がついた。

いつしか、その騒ぎのことは何事もなかったかのように忘れ去られ、圭子のことも口の端にのぼらなくなっていた。


そして、年が改まった一月。三学期の二日目の授業があった日の昼休み。

二年生部員の千葉克美が、教室にいる俺を訪ねてきた。俺は廊下に出て、後輩の用件を聞いた。

「先輩のクラブ送別会を、今月の二十一日か二十八日の土曜日の午後予定してますが、都合はどうでしょう。

二月になると、大学受験の日程と重なったりしますよね。去年の送別会もこの時期でした」

「俺なら、どちらでも大丈夫だ。他の部員の都合はいいのかな」

「はい。どちらの日でも、全員が参加してくれます」

「それから、千葉。来年度の部長を引き受けてくれてありがとう」

「はい。先輩のように頑張ります」

「そうか、よろしく頼むよ」

「一年生部員がよくやってくれるので、来年度の部長の役目は苦になりません。それに、二年生には浅井もいます。浅井も手伝ってくれるはずですから大丈夫です。

　それじゃあ、二十八日に決めますね。部室で行いますので、よろしくお願いします」

「そうだな。浅井もいるし、一年生部員は夏休み中に安家洞の調査記録をよくまとめ、文化祭にも展示してくれた。安心して退部できるよ」

「先輩は、大先輩がクラブノートに書き残していった屋上からの放尿をするのですか」

「俺は、そんなことを地学部の伝統にはしないよ。それに、それは大胆な行動のできる気概を持てということだよ。気持ちの有り様を言ったものだと理解している」

「それを聞いて安心しました。じゃあ、二十八日に部室でお待ちしてます」

　後輩は去って行った。かわりに正三がやって来た。

「よう、鈴木。いまのは、地学部の後輩か」

「そうだよ。クラブの送別会の打ち合わせをしていた」

「送別会の時期だな。うちのクラスもプレゼント交換会をするらしい。クラス全員がプレゼントを持ち寄って、それをくじで順番に引き当てていくゲームになるそうだ。高校生活の思い出作りだ。

俺にとっては、これで、もうすぐこの街からオサラバできる」

「ああ、プレゼント交換会のことは聞いている。佐々木は本当にこの街が嫌いなのか」

「ああ、この街は理屈や正義が後回しにされ、ナアナアで済ましてしまうだろう。好きになれるか。

大島は、この街に残って市会議員を目指すと言うが気が知れないよ。

何を、どうしたいんだ」

「大島は優しいやつだ。人間の優しさを感じさせる街の実現を目指すはずだよ。被選挙権を得るまで七年ある。

その間に、例えば商工会議所青年部や大町商店街振興会などの場で活躍し、力を蓄え徐々に良くしていくよ」

「なるほどな」

「それにさぁ、大島は、中学では野球が抜群にうまく、特に守備の運動能力を高く評価されていたから、ここの野球部から何度も誘いがあったんだけど、きっぱりとそれを断ったんだよ」

「ふーん」

「そしてさ、ワンゲル部に入部し、ふるさとの自然や生活をもっともっと知ろうとした奴なんだよ」

「人一倍、ふるさとを想う気持ちが強いということか」

「うん。だから、ふるさとにあったやり方で良くしていくよ。お前のように性急に結論は出さないし、事を運ばない。でも、決断したら、あいつはぶれないよ。俺は大島を応援する。お前の言う反戦運動といった直接的な行動が分からないわけでもないけどな」

「分かったよ。俺からすればまどろっこしいけど、まあいいや」

ちょうどその時、昼休み終了のチャイムが鳴った。

俺と正三は、廊下での会話を打ち切り教室の中に入った。

33

一月二十八日の土曜日の午後。地学部の送別会だ。

外は、小雪がちらつき凍てついていた。

しかし、狭い部室に七人の部員が集まって大声で話し合うと、さすがに熱気がこもる。

顧問の山崎先生は、急用ができて欠席だ。

送別会そのものは質素なものである。

それぞれの席の前にジュースなどの飲み物が用意され、テーブルの真ん中にはミカンと菓子が置いてある。それをつまみながら、物まねを言い当てるゲームや部活動の想い出話に花を咲かせるのだ。

二時間近く談笑が続いた後、二年生の千葉克美が最後の仕切りをした。

「名残惜しいのですが、先輩を送る会も時間が来てしまいました。

今回、山崎先生は、この会に出席することはできませんでしたが、先輩へのメッセージと色紙を預かっております。読み上げて紹介したいと思います。

メッセージは『一生懸命、部活動に携わり、部長の大任も果たした君の送別会に出席できなくて、本当に申し訳ない気持ちでいっぱいだ。三年間、どうもありがとう』です。

色紙には『君の前途が洋々たれ　地学部顧問　山崎良平』と書いてあります。

この色紙とメッセージは、後で先輩にお渡しします」

拍手が起こった。俺は居住まいを正し、思わず頭を下げた。

「最後に、先輩のごあいさつをお願いしたいと思います」

俺は椅子を少し後ろに引いて、立ち上がった。

「今日は忙しいところ、集まってくれてありがとう。

いま振り返ると、高校三年間はあっという間に過ぎた気がします。とうとう先輩として送られる側になってしまいました。

三年間の部活動を通じて、一番楽しく感じられたのは今年度です。

それは、素敵な女子部員が二名も入部してくれたからでしょう。地学部の雰囲気が明るく華やかになりました。

そのことは、二年生部員もそう思っているはずです。

山崎先生にも巡り会うことができました。

それから、みんなが協力的で、部長として本当に助かりました。

そんな後輩達に、応援団風のエールを送ります」

俺は背筋を伸ばし、胸にあてた両手を斜め上方に何度も突き上げた。

「フレー、フレー、後輩。頑張れ、頑張れ、後輩。

もう一回、地学部の栄光を祈念してぇ。

フレー、フレー、地学部。

今日は、本当にありがとう」

「先輩、エールありがとうございました。

今度は、私たちから先輩にプレゼントがあります。

菅原さん、お願いします」

幸子が大きな風呂敷包みから、写真パネルを取り出し、俺に手渡してくれる。拍手が再び起こった。裕子がカメラを向けてくる。

それは、去年の夏に安家洞の入り口で撮影した部員全員の記念写真を引き伸ばし、パネルにしたものだった。

そういえば、裕子の家は写真館だった。栗駒山登山の時も、プロが持つようなカメラを持って来ていた。裕子が作ってくれたのだ。

先生の色紙などは、写真撮影を代わってもらった裕子から手渡された。

俺は幸子に握手をし、それから裕子にも握手を求めた。

裕子は手を握ったままで言う。

「先輩、卒業しても、たまには地学部に遊びに来てくださいね。

それと、夏の花火大会も忘れないでくださいね」

俺は「うん」と答えた。そして、後輩達の拍手に送られながら部室を後にした。

後輩達は部室の後片付けをしてから、帰り仕度をするはずだ。

俺は一人になった。

校舎を出ると、まだ小雪は舞っていた。


なぜか、厳冬の磐井川を見たいと思った。

俺は、校舎裏手から堤防の上に通じる凍った石段を、風呂敷包みを抱えながら滑らないように慎重に登った。

河川敷を眺めると、真っ白に敷き詰められた雪の上に、点々とついた人の足跡や、雪だるまを転がしてできた筋状の跡が幾つもあった。

そして、寒々と流れる磐井川と置き去りにされた雪だるまの上に、雲が低く垂れ込めた空から雪がちらちらと舞い落ちている。

寂しい光景だった。

それでも、今の俺は、後輩達の温かい気持ちに満たされていた。

34

妹の京子が階段下から叫んでいる。ケンタも犬小屋から一度だけ吠えた。

「お兄ちゃん、お友だちが来てるわよ。お兄ちゃんの部屋に上げていい」

「いいよ。だけど、光雄なら勝手に入ってくるだろう」

「光雄さんじゃない人なの。初めて見る人なの」

「それでも、上がってもらって」

京子が二階の部屋に上がるよう勧めるが、頑なに断っているようだ。

「遠慮して、上がろうとしないわ」

「分かった。今、下に行くから玄関で待ってもらってよ」

京子は俺の言葉を相手に伝えた。

「兄はすぐに来ますから、玄関の中に入って待ってもらえますか」

「いや、玄関の外でいいよ」

その人は、玄関の三和土(たたき)にも上がろうとしない。

何て意固地な人なんだろう。仕方なく玄関の戸を開けたままにして、外で待ってもらうことにした。

京子は、開けっ放しの玄関にいると、もろに冷たい風にあたって寒いので、早々と自分の部屋に退散する。


俺が二階から下りて行くと、佐々木正三がコートの襟を立てて、寒そうに玄関の外に立っているのが見えた。

「おう、どうした。遠慮するなよ。外は寒いから、家の中に入れよ」

「いや、簡単な用件だから外でいいよ」

「でもさ、俺が風邪ひくと困るから、遠慮しないで中に入れよ」

俺は、ようやくのことで正三を部屋の中に入れると、正三はこたつ板の上に散らかっている参考書や問題集に目をやった。

「いよいよ受験だな。こたつで勉強していたのか。勉強の邪魔しないよう、用が済んだらすぐ帰るよ」

「うん、まあな。この時期になれば、気休めにしかならないだろうけど、参考書を眺めていたよ」

「このハンガーに、コートを掛けてもいいよな」

「うん、いいよ。こたつにも入れよ」

正三は「ああ」と言って、こたつに足を入れた。

「今日来たのは、お前の東京の連絡先を教えてもらおうと思ってさ」

「東京の連絡先だって。合格してから下宿を探すつもりだから、まだ分からないよ。とりあえず、東京の親戚の住所と電話番号でいいかぁ」

「それでいい」

俺はノートを破いて、親戚の住所などを書き込んだ。

正三が俺に小さな紙切れをよこす。

「それに書いてある所が、俺の東京での住所になる。何かあれば、ここに連絡をくれ」

「随分、手回しがいいな。どうしてなんだよ」

「東京にいるサッカー部の大先輩が、大学を卒業して就職するので、新しい所に引っ越すことにしたんだ。

その空いた部屋を、俺が引き続き借りることにした。敷金、礼金は要らないというからさ。二月末までは大先輩の契約だけど、俺も泊まれる。三月からは、俺が賃借人になる」

「そうなのかぁ」

「その大先輩は、大家さんと話をつけてくれたんだ。家賃は安いから、古い建物だし、共同炊事場、共同便所だよ。四畳半の部屋で、風呂は銭湯だ」

「それって、試験の合否にかかわらず、東京で生活するっていうことか」

「うん。受験で上京する日から東京生活を始めるよ。来週早々には上京する。賃貸借契約の手続きもあるしさ。

今度、お前と会えるのは東京だな」

「えっ、卒業式にも出ないつもりなのかよ」

「ああ、卒業証書の紙切れなんていらないよ。必要なのは事務室で発行してくれる卒業証明書だろ。

あっ、でも長男の兄貴は見たがるかな。鍛冶屋を継ぐ前は、関高に入りたがっていたからさ」

「分かった。心配するなよ。お前の卒業証書は、俺が預かって、お前の家に届けるよ」

「すまないな。俺も、担任にそのようにお願いしておくよ。

兄貴のことは知ってるだろう。中学しか出てないんだ。勉強は好きだったんだ。中卒であることに、屈折した気持ちを持ってるよ」

「うん。何となく分かる気がする」

「兄貴はさ、同級の医者の子と、中学で一番の成績を争ったことがあるんだよ。兄貴と違って、そいつはさ、当然のように高校に進み、医大も卒業して、今では平泉町に大きな病院を構え、医者になってるよ」

俺は、ゲーリー・クーパーのことだとすぐに察しがついたが、圭子や俺と光雄との関わりはしゃべらずに、正三の話を黙って聞いていた。

能力が同じでも、生まれ育った境遇によっては、将来の生活に格差が出てくる現実を目の当たりにした。

そして、正三が以前「世の中を変えたい」と言っていた本意は、格差是正と教育の機会均等の実現にあるのだと思った。

「親父は農鍛冶職人で、自分の技術に誇りを持っていた。その技を長男に引き継がせたかったんだ。早く一人前の農鍛冶職人になってもらいたくて、高校に行かせなかったんだよ。十六の時から、鍛えたんだよ。

小学生だった俺は、兄貴が羨ましかった。それと、高校に行けない兄貴の悔しさも分かったよ。俺が農鍛冶職人になった方が良かったんだ。

それからは、兄貴と喧嘩ばかりしていた」

「そうだったのか。お前は、農鍛冶職人に憧れていたけど、勉強好きの兄さんが跡を継ぐことになったんだ」

「だけどさ、その頃から農鍛冶は廃れる一方だった。親父は腕がよかったから、注文は結構来ていて、まだ繁盛していた。それで気付かなかったんだよ。本当は気付くべきだった。だって、そうだろう。今は農家だって機械化で、耕耘機(こううんき)の時代だよ。農具も共同購入や一括購入で安く手に入る。自前で鋤や鍬をそろえ、田畑を耕す人なんか、もういやしない」

「そうだな」

「兄貴もかわいそうだよ。鍛冶仕事をプライドを持って続けたくとも、注文が来なければどうしようもない。いずれ鍛冶屋を畳むしかないだろう。その時に、中卒の兄貴にどんな仕事があるというんだよ」

「うーん。そうだなぁ……」

「親父も悔いているさ。鍛冶屋は自分の代で廃業すべきだった。長男にも高校に行かせるべきだった。農鍛冶を継がせたばっかりに、長男の生活が不安定になったと思ってるよ」

「それじゃあ、お前は大学に合格しても、家から仕送りしてもらうのは無理だよなぁ」

「兄貴とさ、最後に大喧嘩をしてしまったんだ。学費は自分で稼ぐと大見得を切った。兄貴が俺の首を絞めながら、目にいっぱい涙を溜めていた。どう、思う」

「それは、分かってやれよ。本当は、お前を大学に行かせたいんだよ。自分の代わりに大卒にしたいんだよ。

兄さんは、進学について許してくれたんだろう。

だけど、学費を出してやれないと分かっていたからさ、何もしてやれないことが情けないと思ったからさ。それと、お前が自由に振る舞える……」

「鈴木、それ以上言うな。分かったよ。

そんなこんなで、俺は早めに東京に行く。大学が始まるまでに、バイトして学費を稼いでおくよ。兄貴も俺がいなくなれば、口減らしになるだろう」

正三は、俺の連絡先が書いてあるノートの切れ端を受け取り、ポケットに突っ込んで立ち上がった。

「帰るよ。邪魔したな」

「お前、本当は、この街が大好きなんだろう。兄貴のことも心配なんだろう。

嫌いだなんて悪ぶって、この街から出ていく口実にしてるんだろう」

正三は、ハンガーからコートを取ろうとして、わざと後ろ向きになり顔を隠した。

そして、背中を俺に向けたままでいた。

「あの大島の奴に言っておけ。

もし、俺がこの街に戻って来た時に、少しでも暮らしが良くなってなきゃあ、蹴り上げてやるからなって。

大島は市会議員になって、この街を良くするってほざいたよな。……何が何でも実現してくれって」

俺は正三の背中に向かって約束する。

「ああ、しっかり伝えておくよ」

俺もこたつから出て立ち上がった。

「お前、体力に任せて無理するなよ。体を大事にしろよ。

奨学金制度もあるんだぞ。

それと、東京に行くとき、駅で見送らせてくれよ」

正三はコートを着込み、振り返った。

俺は、正三の目がほんの少し充血しているのに気付いた。

「それは遠慮するよ。まだ授業のある日だからさ。お前に、そんなに負担はかけられないよ。

お前、必ず合格しろよ。先に東京で待っている」

「お前こそ、大学生になっていろよ」

俺と正三は、思わず握手した。

それから、階下におり玄関を出ると、ケンタが犬小屋から這い出てきて、新しい友だちの匂いをクンクンと確認していた。

正三はケンタのあごをなでてから立ち去った。

俺は正三の姿が見えなくなるまで、玄関先で見送っていた。

いつの間にか、京子が傍に来ている。

「お兄ちゃん、いつまでも、こんなところに立っていたら風邪ひくわよ。さっきの人はお兄ちゃんの同級生なの。頑固そうな人ね」

「そうだよ。佐々木正三というんだ。でも、今日話してみたら、優しいところがあった。兄貴思いのいい奴だったよ。

そうだ、京子。俺と約束しろ。絶対に関高に合格してみせると。これは、兄と妹の約束だよ。合格できたら、後輩の男の子を紹介してやるぞ」

「何、言ってるのよ。お兄ちゃんこそ、合格して欲しいわ。浪人して家でゴロゴロされていたら、うっとうしいでしょう。

女の子のお友だちだって、ここに連れて来れないわよ。しっかり頑張ってよ」

「俺は大丈夫だ。佐々木と話して、ますます負けられない気持ちになった。

今度は、東京で会う約束をしたよ」

「それじゃあ、何が何でも合格して、東京に行かないとね。約束、果たせないわよ」

「そうだな。さあ、家の中に入ろう。受験前に風邪をひいたら大変だ。体調だけでも万全にしておかないとさ。部屋に行くよ。もっと勉強しなくちゃね。

「京子も頑張れよ」

そして、俺は玄関先にいたケンタには「もう、小屋に戻っていいぞ」と犬小屋を指差した。

35

冷たい空っ風が強く吹いて、春の訪れはまだ先と感じられた立春の日。

光雄は、母親の真知子に連れられて、後藤市会議員の事務所も兼ねている自宅を訪問した。

大町商店街にある後藤酒店とは別の場所にある。

秘書と覚しき人に通された応接室で、しばらく待つことになった。

後藤議員は、地域経済や流通問題に明るく、自派を束ねる当選四回のベテラン議員なので、尊大な態度で接してくるんだろうなと思っていたら、気さくな感じで応接室に現れた。

「真知子ちゃん、ごめん、ごめん。待たせて悪かった。

商売の方はどうなの。ご主人の光蔵君は元気でいるのかな」

「はい、お陰様で商売はまあまあですし、主人は元気です」と言いながら、真知子は立ち上がってあいさつをした。光雄も慌てて立ち上がり、頭を下げた。

「あいさつはいいから、さあ、座って、座って」

後藤議員は深々とソファに腰を下ろした。

光雄は、母親に合わせて座ることにした。

真知子は持ってきた手土産を、風呂敷包みからほどき、テーブルの上に置いた。

「真知子ちゃん、こんな気遣いは無用だよ。気楽に訪ねてくればいいんだから」

「いいえ、先生。お口に合わないかもしれませんが、是非納めていただきますよ。

今日は、主人がやぼ用で来れなくて申し訳ありませんが、息子の光雄を、高校卒業後に店の手伝いをさせることにしましたし、市政にも関心があるということなので、これからは先生にご指導していただければと思って伺いました」

「光蔵君は、確定申告の時期が近づいてきたから、その税金対策で忙しいんだろう。分かってる、分かっているよ。それに、真知子ちゃんが来てくれた方が嬉しいんだから、全然構わないよ」

「先生は、相変わらずお口がお上手ですね」

「はっはっは。そうかい。ご子息の光雄君のことは、光蔵君からも聞いているよ。だから、光雄君に是非読んでもらいたい本を用意しておいた」

後藤議員は、今度は光雄に話を向けた。

「それしても、しばらく見ない間に、いい若者になったな。小学生の頃は、やんちゃな子だったのに、もう立派な大人だ。

光雄君、この本なんだよ」

光雄に手渡されたのは、林周二著の『流通革命』という本だった。

「それはさ、流通、製造などの関係者の間で、一世を風靡している本だよ。読んだら、君の考えを聞かせてくれないか。

それと、市政に関心があるということなので、一つ尋ねたいことがあるんだけどいいかな」

「はい」

「君は、商店街の零細な小売業の暮らしを安定しようと考えているのかな。

それとも、商店街に買い物に来るお客、つまり消費者の生活を良くしようと思っているのかな」

「どちらもです」

「そうだな。政治の世界ならそう答える。だがな、その本の著者は、零細な小売業の非能率的な経営のあり方を疑問視している」

「えっ、どういうことなんですか」

「それはな、零細な小売業は、一つ屋根の下に店舗部分と住居部分とが同居し、店舗会計と家計とがどんぶり勘定で混在した前近代的な経営形態だと批判しているんだ。余計な負担まで商品に転嫁し、消費者に支払わせていると見ているんだぞ」

「それは……」

「それはないとは言えるか。スーパーマーケットなら、生産者と直接取引することで、流通経路の無駄を省き、消費者に低価格で日用品を提供できると言うんだ」

「問屋を経ないということですか」

「そうだ。必要ないとまで言っている。

だからこそ、『流通革命』なんだ。

しかもだ、デパートのようにそれぞれの売り場に、人が張り付いてなくてもいいんだぞ。消費者は、自分の選んだ品物を籠に入れて、レジに持って行けばいいんだ。セルフサービスという販売技術の革新で、更に経費を下げられるんだよ」

後藤議員は、光雄にたたみかける。

「君の店は、太刀打ちできるか。

消費者が、どっちを選ぶかは明白だわな。

だから、零細な小売業は行政に規制と保護を求めてくる。この街には、まだ大型のスーパーマーケットは進出してないけどな。

君なら、どうする。これは、宿題だよ」

「はい、実際にスーパーマーケットのある街に行ってみて、それから、いただいた本をよく読んでみて、一生懸命考えます」

「そうか、一生懸命考えるか。

真知子ちゃん、光蔵君は良い跡取りができたな。家業を継ぎたいという若者は、中々いないよ。みんな、東京に行ったきり、戻ってこない。流通問題にも関心がない。光蔵君は、一安心しただろう」

「いいえ、いいえ、まだまだ心配ですよ」

「いや、しっかりした若者だよ。若い人が地元に残ってくれるのは、街の発展にはありがたいことなんだ。

もっとも、地元に戻ってくるなら、東京の大学で勉強してもらってからでもいいんだぞ。なぁ、真知子ちゃんよ」

「そうですねぇ……」

「光雄君は、はっきりとした目的意識を持っている。更に学業を積めば、鬼に金棒だ。どこに遊学させても、ぶれずに地元に戻ってくれるはずだぞ」

「えぇ、そうですねぇ……」

「ここでは働き口が少ないから、若い人が出て行ってしまうのは、しょうがない面もあるけどな。光雄君、この問題はどうしたらいい」

「はい、工場や企業を誘致します。それと、商店街を活気あるものにして、雇う人を増やします」

「真知子ちゃん、光雄君は雇用の安定にも真剣に取り組もうとする姿勢がいい。素晴らしい若者だ」

「はい、ありがとうございます。光雄のこと、よろしくお願いいたします。先生にあまりにも持ち上げられて、こっちが気恥ずかしくて落ち着かなくなりました。それに、先生もお忙しいでしょうから、私達はこの辺で失礼させていただきます」

「ああ、分かってる、分かってる。光雄君、今度じっくり論じ合おう」


帰り道、真知子は光雄に語りかけた。

「光雄、大学受験は一年遅れたけれど、来年、東京の大学に進学してみたらどうなの。さっきの宿題が、分かるかもしれないよ」

「うーん。……それよりも、浩一の受験なんだけどさ、もしもの事があったら、うちで雇っても構わないよな」

「そうだね。大学受験では、掛け持ちするのが普通なのに、浩ちゃんはそうしなかったみたいだね」

「あいつ、子供っぽいんだよ。前に、目標もなく偏差値だけで大学を選んでも、しょうがないだろうと言ってしまったんだ。

それで、掛け持ち受験をしようとしないんだよ」

「お前も、進学はしないと意地を張るところは子供っぽいと思うけどね。でも、お前達はそうやって相手のことを気遣うんだね。浩ちゃんは、お前の担任に『大学進学を説得してください』と頼んだことがあったそうだよ」

「えっ、初耳だよ。何で、知ったんだよ」

「父兄会の役員をやってるからね、何かの会合で学校に行った時に、担任から呼び止められて聞かされたのよ」

「あいつ、そんな画策をしてたんだ」

「光雄、お前のことを本当に心配してくれる友だちなんだから、大事にしなさいよ」

「俺の進路指導なんか、すぐに終わるはずだったのに、それで、しつこく担任から進学のことを訊かれたんだ」

「いいじゃあないの。お前のことを思ってのことなんだから」

「あいつ、自分の進学のことだけを考えればいいのにさぁ。時間がもったいなかったじゃないかぁ」

「そうね。浩ちゃんには、是非とも合格して欲しいわね」

「合格するさ。雇うのは万が一の場合だよ」

「そうだねぇ……」

「ところでさ、今日の夕飯は何にするの」

「仕度が遅くなりそうだから、手早くできる『はっと汁』にしようかね。ご飯を炊く手間も省けるし」

「ああ、いいよ。鶏肉をたっぷり入れてよ」

「じゃあ、今日は特別に奮発しようね。高橋さんのところで買って帰ろうね」

「俺が、寄って買ってきてやるよ」

「そうかい。じゃあ、頼んだよ。だけど、今日も寒いこと。早く、春になって欲しいねぇ。暖かくなって、嬉しい便りを聞きたいね」

真知子は、ショールを両肩にしっかりと巻き直した。

「あいつの合格発表は二月の下旬だよ」

光雄もコートの襟を立て、冷たい風を防いだ。

この時期は、晴れていても、栗駒山から吹き下ろす空っ風が強くて、気温よりも寒く感じられるのだ。

縮こまっている街の人達が、一番春を待ち望む時季でもある。

36

高校生活が残り少なくなった日の朝。

俺と光雄は、大町角の郵便局前で圭子が人待ち顔でいるのを見つけた。

俺達は、圭子に近づき声をかけた。

「佐藤さん、おはよう」

「どうしたの。誰かを待っているの」

「鈴木さんに大島さん、おはようございます。あなた達が来るのを待っていたのよ」

「へぇ、珍しいな。変わったことをするとさ、天気まで急変するぞ。大雪になるぞ」

「それでさ、俺達に何か用があるの」

俺と光雄は圭子を真ん中にして、地主町通りをゆっくり歩き始めた。

圭子と一緒に登校することなんて、もうないだろうから、俺達はわざと時間をかけることにした。

「私の進路のことは知ってるんでしょ。私も、あなた達の進路のことは知っているわ。だって、私の母のお友だちは、大島さんのお母さんとも知り合いなのよ」

光雄が、慌てて言い訳をする。

「この街は狭いからさ、どこかで誰かと繋がっているな」

「それを鬱陶しいと感じる人は、この街を出て行くし、大島さんのように繋がりや絆を大切なものと考える人は、この街に残ろうとするのよね」

「地縁社会の良し悪しだな。確かに、佐藤さんの進路のことは、聞いて知ってるよ」と俺が言う。

「私のこと、心配してくれたんでしょう。だからね、あなた達の気持ちに感謝しているの。私ね、色んな人からひどいことを言われたことがあったのよ」

「ああ、成績順位で噂されてたのは知ってるけど、どんなふうに言われたんだよ」

「そうね。『成績がガタ落ちしたのは、男に現を抜かしたからだ』って。『勉強を疎かにした天罰よ』とか、『短大に進路変更せざるを得なくなったのもそのせいだ』って。

それに、『高校生の分際で色気づいて』と、まるでふしだらであるかのように言われたこともあったのよ。

どうして、そんなふうに言われなければならないのかと思ったわ」

「確かに、あんまりな言い方だな」

「でもね、その時は悔しい思いをしたけど、今は平気よ。

意識が変わらないと、世の中も変わらないと思ったわ。いわれの無い偏見で判断したら、人を傷つけてしまうことになるのよ。

私はね、根も葉も無いことは絶対に口にしないと決心したら、それで腹を立てていた自分が馬鹿らしくなってきたの」

「そうだよ。志を高く持って、ひどいことを言った奴をさ、いつか見返してやればいいんだよ。それに、俺と大島は、いつだって佐藤さんの味方なんだからさ」

「ありがとう。やっぱり、私のことを少しは気にかけてくれたのね」

「気にかけてなんかいないよ。佐藤さんのことを大島と話していただけだよ」

「それでも、悪くは話してないでしょう。

私達、幼稚園の頃からお互いを知っていたんだから、幼馴染で同期生なんだから、真っ先に、私の悩みをあなた達に聞いてもらえば良かったかなと思ったことがあったわ」

「そうだよ」

「きっと、私の気持ちを強く後押ししてくれたはずよね。

私、ずっと迷って、考えてばかりいた時期があったのよ」

「うん、まぁな。……そうしたな。元気を出せよぐらいのことは言ったな」

俺は、圭子が手の届かない存在になってしまう寂しさを隠して、そう答えた。

光雄は俺の方を向いて、「よく、言うよ」という顔を一瞬したが、言葉にはしなかった。

俺の複雑な気持ちを察したに違いない。

「私ね、これからは会う機会も少なくなるだろうから、今日、どうしてもあなた達に感謝の気持ちを伝えたかったの」

「感謝されるようなことなんて、何もしてないよ」

「それでも、どうしても、今日はありがとうと言いたかったの」

「大袈裟だよ。どうしたんだよ」

「そうね。……私、気が済んだから、やっぱりあなた達よりも先に学校に行くことにするわ」

洗い髪の匂いを残して、足早に去ろうとする圭子に向かって、俺達は同じことを言った。

「圭子、良かったな。英昭さんのこと、頑張れよ」

圭子は、飛びっ切りの笑顔で振り返った。

「あら、下の名前で私を呼ぶなんて、随分久し振りね。ちっちゃい頃を思い出すわ。

あなた達も頑張ってね。じゃあね」

今度は、俺と光雄は圭子の後ろ姿を追いかけるように、足早になった。

『関高前』のバス停が近くにある角を、地主町通りから右に入っているので、校舎正門はもう
目の前だ。

37

その日、正孝は早くから教室の自分の席に着いていた。

そして、浜崎和子への想いに耽っている。


そろそろだな、和子が後方の出入り口からそっと入ってくるのは。

浩一は、やや遅れて勢いよく教室に飛び込んでくるはずだ。

こんな朝の光景を眺められるのも、あとわずかだなぁ。

和子は卒業式に出席するんだろうか。

その日に、自分の想いを打ち明けるつもりでいる。

けれども、正三のように出席しないとなると、打ち明けるチャンスは授業のある日だけになってしまうなぁ。


あっ、和子が教室に入ってきた。

自分の席に着いた。隣の席の友だちと何か話し合っている。

話す時の癖で、額にかかる前髪を掻き上げる仕草がしとやかで、育ちの良さを感じさせる。

そんな仕草に、俺は惹かれるんだ。

和子は今日は登校してきた。でも明日、登校してくるかどうかは分からない。あさってだって、どうなるか分からない。

俺は、和子のことを何も知らないな。

進学希望であることだけは知っているけれど、どこの大学を受験し、試験日がいつなのかは分かっていない。

最後まで、授業に出席するんだろうか。あと何回、こうして顔を見られるんだろうか。

和子の登校のことで、こんなに気が揉めるんなら、いっそ今日にしようかな。

いや、やっぱり駄目だ。告白する心の準備ができていないせいか、急に心臓がどきどきしてきた。

当初の計画通り、打ち明けるのは卒業式の日だ。和子がいなければ、仕方がない。熱い想いを心に秘めて卒業するしかない。

いや、そんなことは絶対にしないぞ。

この想いを言葉にしなければ、伝わるものも伝わらない。

いれば、その場で打ち明ける。

いなければ、……後で手紙を出そう。

浩一や光雄のような中途半端な結果にはしたくはない。

あいつら、俺から言わせると、自分達が傷つくのを恐れて、想いを打ち明けることもしてないじゃないか。

圭子の気持ちを大切にして引き下がったなんて格好つけてるけど、それじゃあ、不戦敗と同じだろう。

もっと傷つけよ。ちゃんと挫折しろよ。砕け散る覚悟がないくせに、体裁をつくろっただけだろう。

打ち明けて振られるのと、打ち明けないで引き下がるのと、結果が同じようでも、どっちが男らしいと思うんだ。

俺は、あいつらと違って真正面からぶつかってやる。振られることは恐れない。

俺は、想いを言葉にする。言葉にした想いを、はっきり伝える。

打ち明ける、打ち明けるんだ。

おっ、浩一も来た。

今日は、やけに顔が明るいな。

通学途中で、何か、いいことでもあったのかな。何があったのか、後で訊いてみよう。

単純な奴だから、すぐに顔に表れる。

俺は、朝から悶々としているのにさぁ。

その日の正孝は、想いを卒業式の日に打ち明ける決意を、何度も何度も胸の内で確認していた。

38

同じ日の放課後、地学部室には一、二年生の部員全員が、急遽集まっていた。

来年度の部長になる千葉克美が、急に集まってもらったことへの説明を始める。

克美と同学年の浅井信夫が書記を務める。

「昨日、俺と浅井が山崎先生から職員室に呼ばれました。

何だろうと思って行ってみると、先生は再来年三月で退職するそうです。

退職すると、顧問はできなくなるので、来年度以降の新入部員の募集はしないでくれと頼まれました。

部員を募集しなければ、一年生部員が三年になるときは、五名未満となるので、クラブ活動助成金はもらえません。同好会としては活動できますが、他のクラブより不利な扱いになります。

先生は現部員が一人でもいれば、在職中のクラブ活動の面倒は、必ず見るとは言ってくれています。

ただ、廃部を考えているクラブに、部員を留まらせるのは忍びないので、みんなと相談してみてくれと言われました。

それで今日、集まってもらったのです」

初めて聞く話に、一年生部員に動揺が走る。

裕子が手を挙げる。

「このことは、現部長の鈴木先輩は知ってるんでしょうか」

「先生は、鈴木先輩には話していませんでした。

理由は、鈴木先輩の卒業後のことでもあるし、受験の大切な時期に余計な心配をさせたくないということです。

俺達だけで決めてくれれば、その結果を踏まえて、受験後に鈴木先輩には話をするそうです。

俺も、鈴木先輩が落ち着いたら、来年度以降の部活動について相談するつもりです」

一年生部員の熊谷秀夫と阿部健一は、隣で何やら話し合ってから秀夫が手を挙げた。

「二つ、質問があります。

一つは、山崎先生の後任の方に顧問をお願いすることはできないんですか。そうすれば、クラブを存続させることは可能ではないんですか。

もう一つは、先輩達は来年度はどうするつもりなんですか。

クラブに残るんですか」

秀夫の質問に対しても、克美が答え、信夫は懸命にメモを取っている。

「先生は、二年先のことは分からないと言ってます。

専門が地震学なのか地質学なのか、どんな人が後任として来るのか分からないので、学校側も了解の上、退職と同時に廃部を考えています。

それと、二つめの質問ですが、俺と浅井は残ります。残って先生の後片付けを手伝いたいと思っています」

幸子は急に立ち上がった。

「私は、最後までこのクラブに残ります。他のクラブへの移動は考えられません。

先輩達との繋がりを、こんなことで断ち切りたくないんです。

私は、鈴木先輩がスピーチした『文化部なら、熱く語り合いましょう』とか『部活動でわくわくどきどきしませんか』という呼びかけに感動して、裕子を誘って、このクラブに入ったんです。

すごく愛着があるんです」

幸子は裕子の顔を見た。裕子は大きく頷いている。秀夫と健一は賛同の拍手をした。

幸子は今度は座って、力強く宣言した。

「私達一年生部員は、全員残ります。

私達に、先輩を見送らせてください。

そして、私達が最後の部員になります」

克美は、一年生部員のクラブ活動を続けるという強い思いに圧倒され、感動し、思わず泣きそうになった。

「そう言ってくれて、ありがとう。

山崎先生には、全員残りますと伝えます。

俺は、このクラブにずっといて良かった。

このクラブの絆の強さを、今あらためて感じました。

本当にありがとう」


裕子と幸子は、地学部室から一緒に下校した。

「幸子、さっきの発言はすごかったね。感激しちゃった」

「私、裕子のことを考えて言ったのよ。

だって、地学部を退部したら、鈴木先輩との繋がりがなくなるでしょう。

東京の大学に行っちゃうのよ。

地学部という接点がなければ、鈴木先輩はね、裕子のような田舎娘はすぐに忘れて、都会の垢抜けた人に心奪われるんだから」

「何よ、その言い方。失礼しちゃう」

「提案します。裕子は岩大ではなく、東京の大学の教育学部を目指しなさい。

そうすれば、鈴木先輩の三、四年生のときに、毎日でも会うことができます」

「そうかしら」

「そうよ」

「ねぇ、あそこの大町角を曲がれば、大島荒物屋が見えてくるわよね。寄ってみない」

「えっ、嫌よ。大島先輩がいたら困るもん」

「あら、私には大胆なことを提案をするくせに、自分のこととなると臆病になるのね。

お店なんだから、買い物に来たと言えばいいのよ」

「でも、お母さんがいたらどうしよう」

「だから、お店なんだから、店番に先輩がいようが、お母さんがいようが関係ないでしょう。

私達は、買い物をするのよ。

それに、いたら大島先輩のお母さんがどんな人か分かるわよ。知りたくないの」

「そうだけど……」

「この街の高校に通うようになって、一度もお店の中に入ったことがないんだから、行ってみたくないの、お店の雰囲気も分かるでしょ。亀の子だわしの買い物にすれば、小さくて安いし、学生鞄にも入って、おこづかいで買えるわよ。さあ、行こう、行こう」

「もうっ、裕子ったら、他人事だと思って。服装が気になるから、ちょっと待ってよ」

裕子は、幸子の躊躇にはお構いなく、大町角を曲がり、どんどん荒物屋に近づいていく。

「いらっしゃいませ」と中年女性の声が店の奥から二人を呼び込んだ。

39

郊外の厳美町（げんびちょう）、萩荘（はぎしょう）は、一関市の農村部にあたる。

厳美町の本寺地区は、その昔、骨寺（ほねでら）村と呼ばれ、鎌倉時代の歴史書『吾妻鏡』に記述された中尊寺の寺領荘園のあったところだ。

今でも、中世の村の姿を見ることができる。

神社や小さな祠（ほこら）があちこちにあって、イグネ（屋敷林）に守られて点在する屋敷と区々（まちまち）な形の水田の景観は、日本の農村の原風景そのものである。

そして、萩荘にある里山では、遺骨を山林に埋め、墓石の代わりに樹木を植える新しい形の自然葬「樹木葬」が、日本で初めて一九九九年から運営されている。

「仏が花へと生まれ変わること」を基本理念にしたものだ。

ところで、高橋精肉店が懇意にしている養豚場は、このような農村部の一郭にある。俊男は、半年に一度は、食肉として仕入れる豚の生育が気になって訪ねていた。お客に、安心な豚肉を提供できるかどうかの確認のためだ。今回は、豚の生育の良し悪しについて、息子の俊宏に勉強させることも兼ねて、この養豚場に連れてきた。高校卒業後は、家業を手伝いたいと言ってくれたからだ。かなり前、長女の志津と次女の早苗を、ここに一度だけ連れてきたことがあった。志津と早苗は「食べられる豚さんを見るのは辛いよ」、「豚さんのお肉を食べられなくなるよ。もういいから帰ろう」と切なそうに言って、帰りたがった。食肉にされる豚は、屠殺される自分の運命を予知できるのか、容易に養豚場から出ようとはしない。四つ足を踏ん張って、「ヒイ、ヒイ」と悲しげに鳴く。俊男にも、その時は普段の豚の鳴き声とは違って、そのようにしか聞こえないのだ。

そんな話を経営者の石川敦夫にすると、「そうかもしれない。だからさ、豚に情が移ると更に辛くなるからさ、いずれ屠殺場に向かう豚に名前を付けたりせずに淡々と飼っているよ」と言う。

俊男が、それぞれの豚に密かに名前を付けて、観察しているのを知っていて答えている。

どの豚も同じように見えるが、目のあたりを見るだけでも、ピンクの肌に黒い斑点が多いもの、まつげが長いもの、まゆげがはっきり分かるもの等々の違いがある。俊男は豚の特徴をつかんで「くろはん、まつげ、まゆ」などの名前を付けていた。

経営者の敦夫は、俊男に話しかけてくる。

「今日は息子さんと一緒かぁ。跡取りにするんだろう。うらやましいよ。

うちには、倅が三人いるけれどさ、どいつもこいつも養豚の仕事は臭いし、世話も大変だからと言って、跡を継ごうともしないどころか、手伝いもしようとしない」

「今日日（きょうび）、どこもそうなんじゃあないか。汗だくになって、手を汚す仕事なんて、今の若い者は嫌がるよ。背広を着て、格好良くできる仕事をしたいんだよ」

「だけど、お前の息子は違うじゃあないか」

話題にされている俊宏は、いつの間にか養豚場の他の場所を見廻っていて、父親と敦夫から離れたところにいる。

「ああ、それは助かったと思った。戦争に行く前はさ、小さい娘が二人だったから、どっちかの娘に婿を取らせて、跡を継がせようと考えたことがあったんだ。

女の子だったからさ、可愛い豚の様子を見せたら、肉屋さんをやってもいいと言ってくれるのを期待して、ここに連れてきたこともあったけど、逆だった。『ここの豚さんは可哀想』と二人に泣かれてしまったよ」

「そう言えば、そんなことがあったな」

「ああ。……俺が戦地から無事に戻ってきて、こしらえたのが男の子だった。

それが、今あそこにいる俊宏だけど、あいつに家業のことを強制したことは一度もない。強制して反発されたら元も子もないからな。

娘の場合で懲りていたしさ、むしろ跡継ぎのことは黙っていたんだ。そしたらさ、倅の方が真剣に考えていたよ。肉屋をやると言ってくれたんだ」

「言ってくれなかったら、どうするつもりだった」

「その時はその時だよ。俺の代で廃業してもいいし、親族の誰かに譲ってもいいと思うことにした」

「ふーん。そうなのか」

「お前の死んだ親父さんがよ、世間からは養豚だけじゃあない、動物を扱う仕事は不浄だと軽蔑の目で見られていたからさ、お前も若い頃は絶対になりたくないと言っていたのに、後を引き継いで立派な豚舎にしてくれたと褒めていたことがあったぞ」

「うそだろう。俺は聞いていない」

「昔の父親はさ、本人の前で褒めることは滅多にしないからな。お前に言わなくとも嬉しかったから、俺に話してくれたんだよ。

　俺が見ても、昔よりずっと衛生的で明るくなっている。

　これだけのものを、お前の倅達がつぶすようなことはしないはずだ。お前の宝だろう。時期がきたら、お前と同じように、しっかりと継いでくれるよ」

「そうだといいけどな」

　俊男は息子の俊宏に向かって「おーい。もう、こっちに戻って来い。帰るぞ」と呼んだ。

「うん」と返事をしながら、俊宏はこちらに向かってくる。

　戻ってきた俊宏に「下痢してる豚はいなかっただろう」と俊男は確認する。

「いて堪るものか」と敦夫は口を出す。

「はい。どの豚も元気でした。見学させてもらってありがとうございました」と俊宏は答えた。

「お前の息子は、お前と違って礼儀正しいな」

　俊男は敦夫の皮肉は無視して、「俊、それはなぁ、豚が健康な証拠なんだぞ。流行性の下痢になると子豚から先にやられてしまう。さすがは石川養豚場だろう。しっかり飼育されているということだよ」と俊宏に教える。

「そんなおべんちゃらは、お前には似合わねえぞ。

　ところでさ、お前のところは、牛肉はどこから仕入れているんだ」

「若柳(わかやなぎ)とか石越(いしこし)だな」

「いずれにしても、宮城県産かぁ。

どうせなら、岩手県産の肉にしないか。

俺の知ってる畜産家が、前沢牛を岩手の特産品にしたいと張り切っている。広めたがっているからさ、紹介してやるぞ」

「それはどうかなぁ、……うちの店は、高級銘柄は売れないよ。

料理店に卸すのではなく、家庭向けの手頃で良質なものでないと駄目なんだ」

「前沢牛は、まだまだ高級銘柄ではないよ。岩手の畜産農家を助けるためだ。

それに、家庭向きなら、前沢牛は充分にいい肉だぞ」

「親父、紹介してもらおうよ。どんな肉牛なのか見てみたい。

地元のお客なら、岩手の銘柄に拘（こだわ）ってくれるかもしれないし、商売を続けるには、商売のコネはいっぱいあった方がいいんだろう」と俊宏は、父親が常日頃言っていることを気付かせた。

「お前の息子の方が先を考えているな。

これからは、牛肉の需要も多くなるはずだから、色んな肉牛を見ておいた方がいい。

お前さ、自分の考えを、息子に押しつけるつもりはないんだろう。さっき、そんなことをしゃべってたじゃあないか。

跡継ぎをさせる息子に、勉強させせたらいい。

なっ、連絡をしておいてやるから、一度会ってみろよ。それから、帰る前にさ、俺の家に寄って、お茶を飲んでいけよ」

俊男は「そうするかぁ」と息子の肩を優しく叩きながら、敦夫の勧めに従うことにした。

そして、三人は養豚場から、別棟の平屋の住まいに向かって歩き出した。


帰り道、助手席に座った俊宏は、オート三輪を運転している父親に話しかけた。

「石川さんは、口が悪いけれど、いい人だな」

「いや、悪たれだ。お前に俺のことをばらしていただろう」

「うん。親父が席を外した時に、お袋と結婚する前は、萩荘の大地主の娘に惚れていたという話を聞かされていた」

「それからして嘘だ。惚れたんじゃあなくて、憧れていたんだ」

「そんな細かいこと、どっちでもいいと思うけどな」

「俺と敦夫は、悪たれ小僧だった。

周りからは、けもの臭いと仲間外れにされていたからさ、二人でよく遊んだ。

二人で仕返ししようと、野っ原では足が引っかかって転ぶように雑草を結んだり、落とし穴を作ったりもした。

俺達を貶した奴らがさ、それに引っかからないと分かると、相撲では、思いっ切りぶん投げてやった。うっぷん晴らしだった」

「やっぱり、親友じゃあないか」

「その頃だったな。地主の末娘で、何不自由なく育てられたからだろう、お淑やかな女の子を見たんだ。

　とにかく、雰囲気がまるで違う。俺達とは別世界の人だった。俺達は養鶏、養豚場の倅だったからさ、かぐや姫のようだと言い囃した」

「そのかぐや姫のような人は、どうなったんだよ」

「ああ、お前のじいさんがな、萩荘から今のところに引っ越して、養鶏場を手放した資金で、街で肉屋を開くことにしたんだ。

　それで、俺は、もう見かけることも会うこともないはずだと、ずっと思っていた」

「ふーん。それで」

「ところがさ、それから十数年くらい経ってからかなぁ、菊池呉服店に嫁いできたんだよ。俺は、間近で再会できた。それはそれはきれいな女性になっていた」

「えっ、それって、英子ちゃんのお母さんのことなの」

「ああ、俺も驚いた。お前が英子ちゃんを好きになっていたからさ。やはり同じ血が流れていると思ったよ」

「お袋は、知っているのかぁ」

「俺が、ガキの頃に憧れた人だと、とっくの昔に話している。

まもなく、俺は兵隊に召集された。周りは『万歳』と祝福し、近所の婦人会を代表してか、
憲太郎の嫁から、慰問袋を渡された」

俊宏は「ふーん」と返事をし、車の窓から外を眺める。

積もった雪が道路の脇に片付けられ、少し黒ずんで、まだいっぱい残っている。風は強く、
木々が揺れていた。

「戦地から戻って、しばらくぶりで会ってみると、すっかり落ち着いた品のある奥さんになっ
てたからさ、その時は、俺は気後れしたよ。

乳母日傘で育てられたのに、芯が強く、賢い人だからだろう、年齢とともに貫禄が具わって
きたんだ。

英子ちゃんは、母親の賢さを受け継いだ良い子だったな」

「ああ」と俊宏は素っ気なく頷いた。

「英子ちゃんが、何で、お前にこけしを託したと思う。

こけしはな、東北地方の女の子の玩具(おもちゃ)なんだよ。

お前の部屋に飾るためではない。

いずれ結婚をして、生まれてくる子どものためなんだぞ」

「ええっ、他の人との結婚なんて、考えたくもない」と俊宏は父親に反発した。

「英子ちゃんは一人っ子だったから、きっとさ、寂しがり屋で大家族に憧れていたと思うぞ。所帯を持ったら、沢山、子どもを欲しがったはずだ。お前に、もし女の子が授かれば、あのこけしで遊ばせてやることが、英子ちゃんへの供養になるんだぞ」

「……」

俊宏は口をつぐんで、亡くなった英子に「本当にそうなの」と心の中で問いかけてみた。答えてくれたのは英子ではなく、オート三輪の振動音と須川おろしのヒュールル、ヒュールルという風の音だった。

それは「頑張れ、頑張れ」と言ってるように聞こえた。しかし、何を頑張ればいいのか、俊宏には分からない。ただ、前に進まなければならないことは感じている。

俊男は、唐突に「オート三輪は、風の強い日のデコボコ道だと車体が安定しないな。揺れが激しい。今度、買う車は『トヨエース』にするかなぁ」とつぶやいた。

街の舗装された道路に入ってから、やっとオート三輪は滑らかに走るようになった。

「それで、その慰問袋はどうなった」と大事なことを聞き忘れていたかのように俊宏は父親に尋ねた。

「お前が生まれた日に、磐井川に流したよ。

幼い頃からの憧れに、いつまでも浸っていられないからな。

それに、俺には掛け替えのない女房の米子がいる。

慰問袋という物よりも、思い出を大事に取っておくことにしたんだ」

「そうだったんだぁ」

「あの慰問袋は、とっくに北上川に流れ、更に宮城県を下って石巻湾から太平洋に行ったさ。もしかしたら、アメリカまで流れ着いて、平和の大切さを伝えてくれたかもな。

アメリカの兵士だって、ふるさとに大切な人を残して、日本に攻めてきたんだろうからさ」

「えっ、アメリカって、どういうこと。袋には、何が入っていたんだよ」

「ああ、その袋には『大君の　命畏み　磯に触り　海原渡る　父母を置きて』という歌が、きれいに折りたたんだ紙に書かれて入っていたんだ。

俺は、学のある戦友を探し出して、その歌の意味を訊いた。

その戦友は、万葉集にある防人の歌で『天皇の命令に従い、磯伝いに大海を渡ります。ふるさとに父母を残して』という意味だと教えてくれた。

俺は、涙を堪えきれなかった。その通りだったからだよ。家族を残して絶対に死ねないと思った。

そして、あの人は俺の家の事情を知っていて、わざわざ、この歌を選んで、袋の中に入れてくれたんだよ」

「そうなのかぁ。……親父は、何かぁ偉いなぁ」

「お前も、高校を卒業すれば社会人だ。立派な大人だよ。どうだ、今晩も熱燗でいっぱいやるか」

「うん、いいね。俺、卒業したら自動車教習所に行って、運転免許を取るよ。免許がないと、車、運転できないしさ。それと、これからは本気になって商売のことを勉強する。勉強すれば分かることが増えてくると英子ちゃんが言っていた」

「ああ、そうだな。お前が免許を取ったら、『トヨエース』の四輪小型トラックに買い替えることにしよう」と俊男は約束した。

「本当、それ、いいねぇ」

英子の死後、塞ぎがちだった息子が、ようやく春が近づき、雪解け水が少しずつ地面に染み込むように、徐々に明るくなっている。

俊男は、息子が元気を取り戻していることが嬉しかった。

長かった冬も、もうすぐ終わる。

やがて、この地方にも一斉に木々が芽吹く季節がやってくる。

40

寒さが幾分やわらいだ二月中旬の朝。

俺は東北本線上りのプラットホームで、上野行きの急行いわての到着を待っていた。

家を出るとき、家族全員が玄関に集まってくれた。

母親が「道中、気をつけるんだよ」と言ったので「ああ、分かった」と返事をし、黙って立っている父親には「頑張ってくる」とだけ話した。それから、妹が駅まで見送りたいというのを俺は断った。

妹も、もうすぐ高校入試があるのだ。貴重な時間を俺のために使わせたくなかった。その気持ちだけで充分だ。

「お兄ちゃん、これ、持っていって」と手渡されたのは、妹が平泉の中尊寺で買い求めた『学業成就』のお守りだった。

俺は、それを学生服の内ポケット奥深くに入れてから、「じゃあ、行くよ」と言って玄関を開けると、ケンタが尻尾を振って待っていてワンと吠えた。ケンタにも「行ってくるよ」と声をかけて抱き上げてやった。

そして、家族の視線を背中に感じながら駅に向かった。

腕時計で時間を確かめると、列車の到着まで十分ほどの余裕がある。

光雄と俊宏が、プラットホームまで見送りに来てくれた。

光雄が憎まれ口をたたく。

「安心して、不合格になって来い。俺の店で店員として雇ってやるよ」

俺は笑ってしまった。

「その方が、お前達と一緒にこの街で何でもやれて、わくわくどきどきできるかもしれないな。でも、光雄に就職口が保証されているから、かえって受験に専念できるよ。優秀な店員を採用できなくなった時には、がっかりするなよ」

俊宏が、地元の南部せんべいとミカンを俺に寄こしながら気遣ってくれる。

「上野には何時ごろ着くんだよ。合格発表まで、東京にいるのかぁ」

俺は差し入れを受け取りながら答えた。

「これ、ありがとう。上野には午後三時前には到着する。約六時間の長旅だ。試験を受けたら、すぐに戻ってくるよ。

東京の親戚の家に泊まるんだけど、合格発表まで十日以上もある。長くいたら、親戚に迷惑をかけてしまうからさ。

合否の結果は、親戚が電報か長距離電話で知らせてくれる手筈になっているんだ」

上りのプラットホームにアナウンスが流れた。

「まもなく、一番線に上野行き急行いわて一号が到着します。

ご乗車の方は、黄色の番号札の前で順番に並んでお待ちください」

急行いわてに乗る人達が、プラットホームの上に置いていた自分の荷物を抱えたり、持ち上げたりして少しざわついた。

俺は旅行鞄を肩に掛けてから、二人と握手を交わした。

「見送りに来てくれてありがとう。差し入れもありがとう」

急行いわては定刻通りプラットホームに滑り込んできた。

そして、目の前で乗車口のドアが開いた。降りてくる人はわずかだ。

俺は列車に乗り込んだ。デッキで振り返り、もう一度「ありがとう」と言った。

それから、大きく手を振った。光雄も、俊宏も手を振ってくれる。

発車ベルが鳴り終わると、急行いわてはドアが閉まり動き出した。光雄と俊宏の姿は、すぐに視界から消えた。

俺は窓際の自分の指定席に腰を落ち着かせた。

まもなく県境を越える。それを、車窓の景色から確かめる。

急行いわてが有壁(ありかべ)駅を通り過ぎ、石越(いしこし)駅まで駆け抜けると、ふるさと岩手県から完全に出たことを実感した。


俺は今、新しい世界に飛び込んだ。

東京に向かって、急行いわてはひたすら走っている。

気持ちが高揚する。

大学は合格できる自信がある。

そのために、悔いのないように受験勉強はしてきたつもりだ。

四月からは、東京での生活が始まる。

いっぱい本を読もう。東京なら読みたい本がすぐに手に入るだろう。全国から書籍の集まる国会図書館もある。神田神保町には、古本屋が軒を連ねているという。

後輩の秀夫が話していた地方政治や地域経済の本も読んでみたい。

そうだ。俺には、まずやるべきことが一つあったんだ。

光雄が思い描く街づくりを手助けすることだ。……なんだぁ、俺にも、最初から大学で学問する目的があったじゃあないか。地方の政治や経済を学ぶことがあったんだ。

光雄は俊宏と共に、あの大町商店街をやり繰りしていくことになる。光雄は郷土愛にあふれ才覚もある。俊宏は思い遣りがあって誠実だ。

光雄と俊宏は、いきなり青春から大人の世界に入っていく。

光雄は言っていた。あの街で早く役立ちたいと。この気持ちがあれば、万事うまくやっていけるはずだ。

市会議員もやってみたいと言っていた。

光雄は、商工会青年部で世話役の経験を積み、青色申告会や大町商店街振興会でも、すぐに頭角を現すはずだ。

若くして役職に就けるはずだ。光雄の母親は、いま自分が就いている役職を、光雄にうまく譲っていくだろう。他の会員も、光雄の役員就任に賛同するに決まっている。

そして、その役職経験をテコにして市会議員に立候補し、当選するだろう。

気になるのは、同じ町内に酒店を構えている古株の後藤議員の存在だけど、きっと大丈夫だ。

光雄なら、若さと清潔さを前面に押し出して、地盤に関係なく広く票を集めることができるはずだ。

関高の同窓会組織や光雄の母親の情報網も大いに役立つに違いない。

その時、光雄は二十五歳だ。

市会議員を何期か経験して、次は市長に立候補して欲しい。いずれは県知事にまでなって欲しい。心優しき地方のリーダーになって欲しい。

光雄なら、きっとなれるだろう。

俺も手伝えることが、必ずあるはずだ。
俺は、ある指導者を評した一節を思い出していた。
「君は草花の匂いのする機関車だ」
そして、俺は東京に向かう列車の中で、光雄に心のうちで叫んだ。
「光雄、草花の匂いのする指導者になれ。
雑草のように逞しく、花のように優しい牽引車になるんだ」

あとがき

この作品は、ふるさとの高校生の物語を紡ぎながら、郷土の食文化や歴史についても触れています。

舞台は岩手県一関市ですが、登場する人物や出来事はすべて創作です。

ふるさとを紹介したい、元気にしたいという気持ちで筆を執りました。

ふるさとへのエールです。

なお、『関高健児』として発表したものを、増補訂正し改題しました。

参考文献

『一関藩』大島晃一　現代書館　二〇〇六年
『流通革命』林周二　中央公論社　一九六二年

大井川　公（おおいがわ　あきら）

1948年岩手県生まれ
1971年から2011年まで東京都に在職
現在、読書三昧の日々

著書
『関高健児』（東京図書出版）

俺と光雄
―― 一関からの旅立ち

2015年11月25日　初版発行

著　者　大井川　公
発行者　中 田 典 昭
発行所　東京図書出版
発売元　株式会社 リフレ出版
〒113-0021　東京都文京区本駒込 3-10-4
電話 (03)3823-9171　FAX 0120-41-8080
印　刷　株式会社 ブレイン

ISBN978-4-86223-899-3 C0093
Printed in Japan 2015

ご意見、ご感想をお寄せ下さい。
［宛先］〒113-0021　東京都文京区本駒込 3-10-4
東京図書出版